蔷薇色时光胶囊

ばら色タイムカプセル

重慶出版集團 重慶出版社

[日]大沼纪子\著

刘姿君\译

图书在版编目(CIP)数据

蔷薇色时光胶囊 /(日)大沼纪子著；刘姿君译. —重庆：重庆出版社，2016.9

ISBN 978-7-229-11371-1

Ⅰ.①蔷… Ⅱ.①大… ②刘… Ⅲ.①长篇小说—日本—现代 Ⅳ.①I313.45

中国版本图书馆CIP数据核字(2016)第136908号

蔷薇色时光胶囊

QIANGWEISE SHIGUANG JIAONANG

[日]大沼纪子 著 刘姿君 译

责任编辑：钟丽娟
责任校对：郑小石
装帧设计：重庆出版集团艺术设计有限公司·刘沂鑫
插　　画：王春子

重庆出版集团
重庆出版社 出版

重庆市南岸区南滨路162号1幢 邮政编码：400061 http://www.cqph.com
重庆出版集团艺术设计有限公司制版
自贡兴华印务有限公司印刷
重庆出版集团图书发行有限公司发行
E-MAIL:fxchu@cqph.com 邮购电话：023-61520646
全国新华书店经销

开本：787mm×1092mm 1/32 印张：10.5 字数：170千
2016年9月第1版 2016年9月第1次印刷
ISBN 978-7-229-11371-1

定价：32.00元

如有印装质量问题，请向本集团图书发行有限公司调换：023-61520678

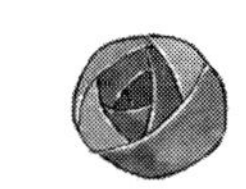

ばら色タイムカプセル

目录

CONTENTS

骑在那个人肩上

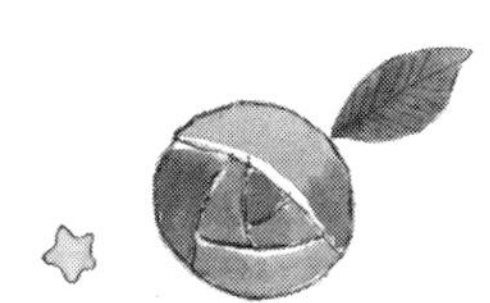

那是一个寒冷的冬日，街上的风景好似完全褪去了颜色。在清透生冷的空气中，那个人发现了橘子树，说要偷摘。树上的橘子结实累累。

不可以这样啦，这么做是小偷。我这么说，但那个人只是笑笑，一点也没有打消念头的样子。

“奏，你骑在我的肩上去摘。”

还说了这种异想天开的话，然后就一把把我抱起来，让我坐在他肩上。这一坐，我的世界景色顿时为之一变。

地面变远，天空变近。来往的车辆和护栏，马路边花坛里的花朵，这些平常和我的眼睛一样高的东西，都变得要由上往下看了。原来长大是这样呀！我的心暗自怦怦乱跳。

“喏，奏，赶快偷摘！”

那个人愉快的声音从下面传过来。

深绿色树叶中的橘子，是醒目的橘色。那颜色令人垂涎欲滴，仿佛将萧瑟的冬景瞬间染上鲜明的色彩。那个人非常擅长找出这类东西。

小偷。尽管我小声嘀咕，还是伸长了手摘下果实，立刻散发出一股柑橘类的清香。

哇，好香。我忍不住这么说，那个人便对我报以笑容。对呀，好香喔。这让我好高兴，我一再重复着，好香。那个人也配合着我，一次又一次响应：对呀，真的好香喔。

嘴里呼出来的气是白的。鼻头冻得冷冷的。天空蓝得好像会把我吸进去。每次那个人一笑，震动就会传到我身上。

我一点都不想讨厌那个人。真的。我多么希望我一直都是这么喜欢那个人。

我的时光胶囊

冷风吹抚脸颊。与此同时，长长的刘海儿在眼前闪动。我的头发是全白的，一照到光，就会反射出耀眼的白色光芒。

我可要先说清楚，这发色不是漂白或染出来的。只是自然现象。换句话说，就是天然的满头白发。据医生说，这是压力过大所造成的，不过，这一点也不重要。总之，我才十三岁就有一头白发。就这样。

眼前的天空，已经开始整个泛白了。刚才的漆黑完全被朝阳融化，由一大片扩展势力的浅蓝色和粉红色取而代之。

即使如此，海仍悄悄地在波涛起伏之间拥着朝阳，摇曳闪烁。海浪中无数的光点，好像成群的发光生物。看起来好像是它们凑在一起鼓动翅膀，真挚而老实地蠕动着。

我想跳进那片光里。我当然知道这么做可能会死。但这股冲动仍强烈地驱使着我。

我并不想寻死。不如说，是相反的。对于想要什么这件事，我已经懒得提不起劲来了。只要跳下去，一切都会结束。我累了。我来到世上转眼已经十三年了，够让我觉得筋疲力尽了。

美丽的景色，会让人停止正确的思考。不能逃避啦，努力就会有收获啦，不能让眼泪白流啦，明天这两个字代表光明的一天啦，痛苦的不是只有你啦，你懂不懂啊混账东西，这些正经八百的话，在美的魄力之下也鸦雀无声。距离悬崖不过短短十几米。

忽然间，海浪声变大了。我眨眨眼，睫毛有七彩的颜色。这时候，我觉得好像背后有人咚地推了我一下。我双手起了鸡皮疙瘩，脚用力往潮湿的地面一蹬。

没想到，我竟顺利起跑。我没有参加社团，体育课也不是很认真上，但我的身体却像融入这片美景一般，以优美的姿势逆风而行。一种不可思议的感觉包围了我，好像是天空和海把我吸了进去。不顾我的意志，手臂大大挥动，腿高高抬起，身体呈现前倾姿势，不断向前进。就好像这么做是义务似的。而我就这样在岬角尽头一蹬，跃向空中。

……

刹那间，上衣的背部发出砰的一声，鼓满了空气。眼前就只有天空和海，比刚才更耀眼的光包围了我。肚子和腰那边有种镂空的感觉，有点像在搭下降的电梯。

啊！我可能会死。我终于想到这一点，但马上就认为反正没救，也就放弃了。因为我已经跳下来了啊。当然只能往下掉了啊，这种状况就叫作敢做敢当。全部，都是我不好。

风声咻咻响起。我往海里掉落。我深深感受到，如果这是惩罚，那我就应该承受。会不会太认命了？可是，我就是这样想的。这八成就是惩罚。惩罚我的罪过。

风抚弄坠落的身体。眼皮后面感觉得到光。我大概会死吧。脑海中，开始如走马灯般播放起略嫌短暂的我的历史。

时间回溯到一个月前。我，森山奏，因为个人因素离家出走了。因为我觉得我再也没办法和爸爸一起生活下去了。

我的父母在我六岁时离婚了。离婚的原因是性格不合。可是真正的理由，据说是妈妈对爸爸的家暴和不尽养育之责。虽然很劲爆，但我几乎不记得。听说，人类会尽可能忘掉讨厌的事，所以我想我也不例外，很厉害地把事情都忘掉了。

我的监护权，当然是给了爸爸，从此之后，我和爸爸有很长的一段时间过着所谓单亲家庭的生活。

对于父女两人的生活，我从来不曾感到有所欠缺。这全都要归功于爸爸的努力。爸爸是在制药公司上班的上班族，工作辛苦，工时也相当长，其实根本没有时间花在孩子身上吧。即使如此，爸爸还是将他能争取到的自由时间全都用在我身上。教学观摩和运动会，他从不缺席。偶尔帮我做便当，也是铆足了全力。平日经常要加班，没办法和我一起吃晚饭，但每天早上早起好好吃一顿早餐，已成为我家的习惯。

爸爸这个人是非常正经老实的，为了不让只有单亲的女儿觉得寂寞，真的是拼了老命。而他的拼劲当然也传染给了身为女儿的我。

再这样下去，爸爸会累坏的。我也不可能永远当个孩子。基于这个想法，我不断努力尽快长大成人。三岁学会用微波炉，小学一年级学会熨衣服，小学三年级学会操作ATM，到了小学高年级，与街坊邻居来往的种种事宜，几乎都是我在负责。甚至博得了身边大人们的好评，夸我：奏身上好像住着一个勤劳的主妇呢。是的，我已经不是孩子了。不管外表如何，我的内在都已经是一个能够笑看人间冷暖、明理果断的大人了。

当然在学校我也俨然是个模范生。因为要是我惹了什么麻烦，一定会被归咎于家庭环境。对霸凌、权力游戏这类小孩子的社交活动，我也极力保持距离。被卷进无聊的孩子纷争导致学校联络父母，这种事我绝对要避免。我的心态是：想成群结党、想惹祸闹事，小朋友们请自便吧。

在这些水面下的努力中，爸爸和我安然度日。

对此，妈妈也给予正面评价。

“你们真是钢铁般的单亲家庭呀。”

离婚以后，就从山梨搬回故乡镰仓的妈妈，现在的定位是我的网友。以频率来说，我每个月大概会寄一两封信给妈妈。内容是家里或学校发生的事。妈妈的回信内容大多牛头不对马嘴，但我们的通信还是按照规矩持续着。妈妈非常夸奖我。

“奏真是个懂事能干的好女儿，实在很难相信你是我生的。”

那当然了，我也这么认为。我和你不同，我的情绪通常很稳定，精神上也比你成熟得多。甚至已经太过达观，还未老先衰了。否则怎么当得了你的女儿。

总之，我们三个人就像这样，虽然不是很圆满，却也算关系稳定的前家人。

但是，所谓的人际关系，会在时间的流动中发生变化。亲人的关系亦然。归根究底，就是爸爸有了再婚的对象。她就是多年来担任我的家教的纱纪子。

爸爸和纱纪子是通过我认识、慢慢加深关系而结的缘。然后在认识的第七年，他们有了孩子。切勿妄下定论说他们是奉子成婚。这个孩子多半是为了让他们两人下定决心在一起而有的。否则，他们两人不管再过多久，都会对再婚裹足不前。

爸爸和纱纪子是同类，一直顾虑着我这个拖油瓶。他们交往的事我早就发现了，可是爸爸和纱纪子还是努力瞒着我。而我呢，看他们越是努力隐瞒，罪恶感就越深。我的存在，妨碍了爸爸和纱纪子的未来。这显而易见的事实就横亘在我们中间。

所以，纱纪子的怀孕正是时候。我祝福他们两人的婚姻，更坚定了我离家的决心。当然，我也可以选择三人共同展开新生活。纱纪子人很好，就算我们成了继母继女，我想她一定也会是个好继母。可是，这纯粹是我的见解。对爸爸和纱纪子来说，一个正值青春期，而且因为压力过大而满头白发的拖油瓶，不仅是无用的长物，甚至是眼中钉。这种东西不存在当然最好。

因此，我策划了离家大计。经过比较、研究，筹划出能顺理成章从爸爸和纱纪子面前消失的办法。后来我想出妙计，向爸爸提出：

“我还是想跟妈妈一起住。就是说呢，我也不小了，我想以后还是女生和女生一起生活比较方便。”

我的话让爸爸大为烦恼，但爸爸还是表示“既然奏这么说的话”，只好勉为其难地答应了。我早就料到会这样。爸爸向来是我的盟友，无条件相信我、尊重我的意愿，是个明理的父亲。

事情一决定，接下来就容易了。我立刻就和妈妈讲好，办好了转入离妈妈家很近的自由学校的转学手续。因为正值春假，我也有时间自行整理离家的行李。

到了春假的最后一天，我离开了生活多年的山梨的家。只轻便地背了一个薄薄的粉红色背包，将计划付诸实行。

爸爸开车送我到车站。我挥挥手，走过收票口，然后在中央线的月台上，打电话给妈妈。这可是计划的关键。

“对不起！我还是要留在爸这里。学校那边我会办好手续的，妈妈什么都不用做。对不起，白白闹了一场。”

再怎么说，我的目的纯粹就是离家出走。打从一开始我就没有要去跟妈妈住的意思。

只是为了让爸爸答应，才把妈妈搬出来而已。而且妈妈这边，也做出了我预料中的回答。

“是吗？这是很聪明的选择。”

妈妈一定也早就知道了吧。我们就算生活在一起，也不会顺利的。因为妈妈是个情绪不稳定的家暴女。

我也一样，根本就没有和妈妈住的意思。我只是想要一个可以离开山梨的正当理由，才把妈妈搬出来而已。

妈妈拒绝与爸爸有任何接触，所以她不会和爸爸确认我是不是回山梨了。她恐怕是毫无怀疑，认定我就是继续和爸爸住。爸爸也一样，只要我打个电话说我到妈妈这边了，爸爸应该就会相信才对。

之后的事，我想就看运气吧。人事已尽，再来就只能听天由命了。要是离家出走被发现了，那就发现吧。我已经做好准备，到时候就乖乖到妈妈那里自首。我下定决心，搭上了中央线。

我早就决定到东京去。因为要藏一片叶子，就要藏在森林里，要藏一个离家出走的少女，就要藏在人满为患的东京。我上了电车，顺利抵达新宿站。我在这个时间点打电话给爸爸。胡扯说妈妈来接我了，爸爸深信不疑，安心地吁了一口气，说了声：“是吗？”

“因为妈妈在，我想我以后不太能常常打电话。要是有什么事，我会马上联络的。爸爸要保重哦，也帮我跟纱纪子问好。”

如此这般，我的出走计划顺利执行。实在太简单，感觉简直不费吹灰之力。真叫我忍不住笑出来，信任孩子也要有个限度好吗？

就连最麻烦的学校这一关，也是手到擒来。

“我以为帮女儿准备了新的环境和新的学校，女儿的偏差行为就能改善，结果现在她却关在房间里不肯出来……”我以妈妈的名义，带着哭声打了这么一通电话，对方立刻一句“我们明白了”就答应了。那么，如果有什么需要的话，请和我们联络。我们也会等您的女儿愿意上学再说。

当然这也让我很傻眼。原来要骗大人这么容易？这样就好了吗？日本社会，漏洞不会太多了吗？还是大人的现实也这么窘迫，管不了拒绝上学的孩子？不过，幸亏如此，我才能实现我的离家出走，所以也轮不到我来抱怨，但我还是很吃惊。原来社会就是这样啊！

害我忍不住把事情看得太简单。

只是，简单的部分就到此为止了。也许离家出走的困难，不在于开始，而是在于持续吧。为了确保财源和睡觉的地方，我找了供宿的工作，但没有一家店心胸宽大到肯雇用一个十三岁的离家少女，就算有，也都是些有点，不，是非常可疑的萝莉俱乐部之流，让我无论如何都跨不进那扇门。因为我每次站在店门口，脑海中就会闪过爸爸的笑容。我无法选择会让爸爸伤心的工作。

也因此，我很快就不得不风餐露宿了。虽然已是四月，但夜里还是很冷。我度过一个又一个发抖的夜晚，仍为了设法找到工作，走遍东京都内的繁华闹区。新宿、池袋、日暮里、上野、秋叶原、锦系町、西船桥……身上的钱确实不断减少，辗转流浪的结果，不知不觉踏入了房总半岛。就这样来到了千叶尽头的一个寂寥小港。

在这里当然也找不到工作，我步履蹒跚地走向海岬。我几乎是无意识地这么做。也许每个走投无路的人，都会朝断崖绝壁走过去吧。推理悬疑剧场里的犯人也一样，最后大多都是跑到悬崖边。也许这是人的本能。我也一样，当我回过神来时，已经站在海岬最前方，呆呆地望着大海。

就这么直挺挺地站着看海，肩膀和背慢慢地麻了。挂在双肩下的两只手臂，支撑着背脊的双腿，感觉像铅块一样。背上的包包也莫名其妙地增加了重量感。究竟是怎么回事？

我边想边放下了背包，但肩、背还是一样沉重。于是我才总算发现，啊啊！对喔，沉重的不是背包，是我自己的状况啊。

"……好累。"

简直就像吐气一样，这句话从我嘴里吐了出来。然后大概是言灵[1]的效果吧，本来乖乖待在身

---

① 古代的日本人相信，语言中蕴藏着不可思议的力量，能让说出来的话实现。

体各处的疲劳感，一下子就传遍了全身。感觉就好像连站都快站不住了。脑袋也开始模糊。

是的。我真的好累。

不管是对找工作、露宿，还是看不到未来的每一天，决定离家出走并付诸实行，钢铁般的单亲家庭，妈妈的情绪不稳和爸爸的温柔，当一个稳重懂事、能干得不得了的女儿，这些我都累了。不，我是累坏了。

于是接下来，我就半发作似的奔向悬崖。

如果问我是不是想死，我会回答不是。我连求死的力气都不剩了。

正因为我处于这样的状态，所以当我醒来时，才会一心以为自己已经死了。

“会不会是自杀呀？”

“可能是跳海哦。”

“这孩子发色好特别。”

“这是白发吗？”

“可是她还很年轻呀？”

“年轻又跳海，好青春喔！”

愉快的声音包围着我。我微微睁开眼睛，看到耀眼的光，其中有三个白色的人影。三个人的皮肤都一样白。头发则是红褐色、淡褐色和浅紫色，三人各自不同，真是色彩缤纷。这些五颜六色的头发蓬松得随风摇曳。我模模糊糊地想着，她们会不会就是天使？

“啊，睁开眼睛了呢！”

“这么说，她还活着？”

天使们说着，朝我的脸凑过来。就近一看，每个天使的脸都布满了皱纹。仔细听，连声音也有年老的感觉。

这几位天使们莫非年事已高？正当我这么想，忽然间有种胃部翻搅的感觉，我不断咳嗽，一边大口吐出了海水。应该是当然的吧？因为我好像喝了很多水。

在咳得喘不过气来的我面前，天使们欢呼。

“哇啊！动了！”

“真的，还活着呢。”

她们身后是蓝天。稍微偏一下头，就可以看到后面是绵延的海岸。沙滩偏灰色，但在太阳光的照射下，仍酝酿出乐园的气氛。上了年纪的天使们就在上面握着彼此的手不断地又跳又笑的。“好久没有在这里捡到人了呢。”“就是啊!捡到这么年轻的，应该是第一次吧？”“哎哟，蒂奇更年轻啦。”“就是嘛就是嘛，人家被冲上这里来的时候还是婴儿呢。”受到她们热烈对话的影响，我也在意识朦胧中开口：

“……请问，这里是……哪里？”

于是天使们微笑着回答：

“很遗憾，还在人间哦。”

“枉费你特地寻死。”

“看样子，老天爷要你活下去哟！”

天使们的这番宣告，让我顿时明白了。

啊啊！原来我得救了啊。

我下一次醒来时，是在床上。

我小小翻了个身，脸颊碰到舒爽的被单，好舒服。还有睽违许久的弹簧床和柔软羽绒被的触感。我在被单里稍稍伸展一下，听到布料摩擦的声音，觉得心好像要融化了。但是这阵快感却被一个女人的声音打断了。

“早安。”

我吓了一跳，从被单里探出头来，看到两位老太太。和刚才的天使是不同的人。

一个是留着一头极短白发，有着纤瘦少年体型的女人。明明上了年纪，却穿着年轻人会穿的刷白衬衫和深蓝色的牛仔裤。另一个体型肉肉的，留着褐色的长卷发。她穿着胸口开得很大的钴蓝色洋装。该怎么形容？明明有年纪了，却让人觉得很性感。

两人站在床边，俯视着裹在棉被里的我。

“有没有哪里痛呢？”

问我的是短头发的。我稍微动了动手脚。不会痛。

“……没有。”

听到我的回答，换长发的开口了：

“很好。那，你叫什么名字？”

“……森山，奏。”

“几岁？”

“……啊，十、嗯，呃，二十岁？”

“生日是什么时候？”

“……十二月二日。”

“血型？”

“……AB型。”

“爸爸妈妈叫什么名字？”

“……森山司和喜多川步美。那个，他们离婚了。”

“一百减七是多少？”

“……九十三？”

“现在是什么季节？”

“……春天……吧？还蛮冷的就是了。”

连珠炮般发问的长发婆婆点点头，似乎对我的答案很满意。

“记忆很清楚。”

“也没有意识混乱的样子。”

“口齿也很清晰。”

“就二十岁来说，看起来很小……”

“这不要紧。是我们没礼貌，向一个女人问年纪。”

两人打量着我交谈，而我的心境就好像自己变成了动物园里的熊猫一样。半张脸藏在被单底下，怯怯地观察她们两人。因为我实在无法判断现在的状况。

结果长发的笑了笑，对我说：

“不必这么害怕，我们不会吃了你的。听说你是被冲上岸边的。住在这里的人发现了你。因为不管你的话你可能会死，所以才把你搬到这里来的。”

跟着，短发的也微笑着告诉我：

“我们的护理师说，你只是昏过去而已，所以我们没有太担心。不过因为奏小姐你一直没醒，所以我们有点不安，才问了你很多问题，想确认看看你的记忆是不是正常。”

正如短发婆婆所说，窗外果真已经是黄昏时分的景色了。远方的天空红通通的，院子里的树木也蒙上了淡淡的影子。看样子，我是从早上熟睡到了刚才。

据长发婆婆说，这里是老人院。

“这里叫作蔷薇人生。是专供女性入住的私立老人院。”

刚才在海边又笑又闹的天使们，原来是这间老人院的人。难怪都是些老人家。而她所说的护理师，也因为这里是老人院，所以长驻于此。

确认过我的情况之后，短发与长发婆婆说：

“我叫德永遥。”

“我是佐藤登纪子。多指教喽。”

两人分别简单地做了自我介绍。她们也和天使们一样，是这里的院民。

确认我没事之后，她们立刻帮我准备了粥。是加了蛋的稀粥。

“一个人肚子饿的时候，就会想寻死。”

遥婆婆把冒着蒸汽的盘子递给我，一面对我这么说。

我接过那个盘子，心里感到纳闷，有这么简单吗？结果她就像看透我这个想法似的，耸耸肩接着说：

“人啊，其实是很单纯的，但有些个人差异就是了。”

粥的热度恰到好处，让我能一口接着一口吃

完。汤头很够味，虽然咸度偏淡，但我觉得很好吃。当盘子空了的时候，我也觉得好一点了。原来我其实也挺单纯的。

看我吃饱了，遥婆婆便毫不犹豫地丢了一个问题过来。

“那么，奏。”

“……是?”

“你是发生了意外吗？是被什么意外牵连了吗？还是你自己跳进海里的?”

好个单刀直入的问法。可能是因为这样吧，我有些迟疑，不知该怎么回答。不过，不过我决定先说实话。

“……我自己跳的。”

也许该感谢那可口的粥，让我的心房稍微打开了。反正，我就是个单纯的人。

“就是发生了很多事……我没地方可去，也找不到工作，肚子又饿，累坏了……所以，怎么说呢，觉得往海里一跳就没事了……”

听了我的回答，遥婆婆和登纪子婆婆的表情都没有什么改变，继续说道：

“这边的跳海事件很多呢。”

“会不会是里面有水鬼呀?”

“不过，你运气真好，竟然能得救。”

“就是呀。这边的海流很强的。”

我还以为她们会骂我或是同情我，结果她们的反应有点出人意料。接着，她们又若无其事地问：

“对了，你得救了，觉得很幸运吗？”

“……嗯，算是吧。”

“还会想去寻死吗？”

“……寻死是不至于。”

“那么，你很庆幸能活着吗？”

“这个……”

我竟然无法立刻回答很庆幸，让我自己有点吃惊。

看我这个样子，遥婆婆“唔”了一声点点头。然后，嘴角上扬说：

“……也许你应该再休息一下。”

登纪子婆婆也表示同意，露出笑容。

“是啊。疲倦是美容和人生的大敌呀。”

然后她们只跟我说了厕所在哪里，就这样离开房间了。

一剩我一个人，整个房间就出奇的安静。只有窗外传来微微的风声。可能是因为离海很近，风比较强的关系吧。

“……”

我重新环视房内，发现这里是个干净简朴的房间，的确很像老人院的单人房。仔细一看，床也是可动式的，墙上到处都装了扶手。说这里是老人院，的确很像。

“……老人，院。”

我呆呆地想，我又流浪到一个奇怪的地方了。才这么一想，又马上认为这样也好。说不定这也是神明的安排。说不定是神明误以为白发的我是老人，所以才把我引导到老人之家这种地方来的。

假如是这样的话，虽然相当糊涂，但神明做的事大部分都是糊里糊涂的，所以也没办法。认命接受神明的安排，就是人类的职责吧。

“……随便就好啦。”

东想西想也很麻烦。

我这么想着，便又钻进了柔软的被褥之中。

在我贪睡期间，有关于我的种种事项都决定好了。

向我说明这些决定的，是由佳小姐。

“我是蔷薇人生的照护经理美园。你好。”

由佳小姐以一点都不好的冷漠神情这样自我介绍。她的年纪，大概和爸爸妈妈差不多吧。她穿着黄色的马球衫和运动夹克。这好像是工作人员的制服。胸口别着写有“经理美园由佳”的别针。名字很像美人，但她本人是个普通到不能再普通的大妈。

“我们暂时会让你待在这里。我个人是很希望你马上就走。但要是你一离开就在后山上吊，会影响我们的名声。所以，感觉是很无奈啦。”

由佳小姐说这些话的语气，难听得让我以为我在心里偷叫她大妈被她发现了似的。

“如果这样你也不介意，就待在这里吧。”

我当然是立刻低头行礼。

“拜托！请让我待在这里！”

这对已经好久都无处可去的我而言，是令人由衷感激的提议。无论理由是什么，无论语气怎么样，只要是肯给我地方待的人，现在的我都会尽全力摇尾巴示好。

但是由佳小姐并没有因为我的回答而改变态度，还是很不高兴地说：

“但是，我要设下期限。后天，我们老板会来，在那之前，看你是要找地方去，还是重拾活下去的勇气，或是找到活下去的希望也好，总之请你离开这里。”

这些要求实在很难。尤其是最后的希望那一项。但是我还是乖乖点头：

“……我知道了。”

接着，我问起由佳小姐所提到的老板这号人物。虽然答应后天离开，但是如果可以的话，希望永永远远确保有地方可待，这就是离家少女的心情。我在心中暗自盘算，要是能讨老板的欢心，搞不好以后可以一直待在这里。

“老板是一位女性实业家，叫作真山熏。除了蔷薇人生这里以外，还有好几家老人院，也经营饭店和高级公寓大楼。在业界是知名的能干社长。”

“……哦，好厉害喔。”

“是啊，是很厉害。在工作方面也好，私生活方面也好，一向都不拖泥带水。换句话说，她对你这种来路不明的人，不可能会有任何施舍，所以请你不要怀抱过度的期待。”

看样子，我的打算都被她看穿了。美园由佳显然是个不好惹的大妈。

不过，我还是要先讨好她。这是我为人的礼貌，也是处世之道。

“那个，还是谢谢您。即使时间不长，您肯让我留下来，真的很谢谢您。”

结果由佳小姐有点怨恨地叹了一口气，回我说：

“我只是听从遥婆婆的命令而已。”

“……遥婆婆？”

“你刚才不是见过了吗？”

“……啊，对喔。”

就是白发极短的那个人。

“因为老板很忙，很少来这里，所以安排了一个代理人。那就是遥婆婆。”

遥婆婆看起来明明像个一般的院民，没想到竟然是位高权重的老板代理人。

“……为什么遥婆婆会是老板代理人呢？”

我用顺便提到的感觉问了一下，由佳小姐冷冷地微笑：

“我想没必要跟你多说。”

是，您说得没错。从她说话的样子看得出来，她显然认为我是不速之客，再问下去大概不是上策。

“……说得也是。谢谢您。”

我这样想着，就不再多说了，但没想到由佳小姐却主动显示了好奇心。

“……对了，你啊。”

“是？”

“你是朋克少女吗？”

“咦？”

“你的发色很大胆。”

由佳小姐的话让我忍不住露出苦笑，摸摸自己的头发。的确，这颗头经常让人产生这样的误会。

我解释这只是一般的白发，由佳小姐“哦”了一声，深感兴趣地点点头。然后说："压力造成的白发啊。换个角度想，这比染的还朋克呢。"

发表完这番感想，她就匆匆离开房间了。看样子，美园由佳这个大妈不但难相处，而且还相当我行我素。

向我说明遥婆婆和老板之间关系的，是遥婆婆本人。遥婆婆在由佳小姐离开之后，随即进入房间。

"这是宵夜。我想年轻人就算只是睡觉肚子也会饿。"

遥婆婆这么说，所以带了三明治来给我。是夹了培根、生菜和西红柿的BLT三明治。

她脚边跟着一只圆滚滚的胖猫。那是一只黑头白鼻的长毛猫。只有右前脚有着像是穿了袜子一样的白毛。

"它啊，最爱培根了。是闻到味道跟进来的。"

她都这么说了，我觉得好像不能不喂它，就从三明治里抽出一片培根，朝猫伸过去。

可是猫不知道是不是因为太胖了跳不到床上，只是一直在床边仰望培根。好像相信只要一直看，培根就会掉下来。

"很不中用的猫吧？"

"……是啊。"

“它叫蒂奇。名字听说是向爱德华·蒂奇借用的。”

“爱德……?”

“有名的海盗。它是被人家装在纸箱里，丢在海边的。因为那时候的样子活像乘船的海盗，所以取名叫蒂奇。”

多么彪悍的名字啊。

“可是蒂奇却像这样，越来越胖。不会爬树，在墙上的平衡感也不好。去追海鸥，结果竟然掉进海里。上次还被鸽子啄，吓得不知道该往哪里躲。根本就名不符实吧。”

真的，一只猫竟被和平的象征啄，真令人担心它身为猫的将来。但是我一扔下培根，蒂奇的反应竟意外灵活，利落地张嘴接住。

“啊，接得好。”

我这么一说，蒂奇便哼了一声，开始吃起它的培根。

“奏也吃吧。”

遥婆婆这么说，我也双手合十说声：“那我就不客气了。”马上将三明治送进嘴里。再怎么说，我就像遥婆婆所猜想的，虽然只是睡觉，肚子还真的饿了。

我吃三明治的时候，遥婆婆向我介绍这家名为

“蔷薇人生”的老人院。

原来遥婆婆是老板的妹妹。

而这家老人院本来是她们的双亲所经营的私人医院。但是几年前双亲去世，医院关闭，所有设备便闲置了。真山熏便看中了这一点。

“我姊姊很年轻的时候就出嫁，没有再回家了。不过，一知道医院没有在用，便电光石火地跑回来。她说如果把医院的设备直接拿来用，就能压低初期投资，开设老人院，说得口沫横飞。我本来就不懂这些，认为交给姊姊处理应该是最恰当的，于是这里就成了蔷薇人生了。”

“……原来如此。”

所以遥婆婆才会是老板的代理人啊。

“我姊姊对钱很敏感。一感觉到可能会赚钱，就会立刻扑上去。而且百发百中。不知该说她是狗屎运呢，还是守财奴呢，还是死要钱……”

说归说，但遥婆婆的语气听起来很愉快。

“我想，我姊姊一定是相信死了也能把钱一起带走吧。不过，这不是坏事。”

“……不是吗？”

“嗯。欲望也可以成为活下去的意义。有这样的欲望，换个角度想也算是幸福的。”

“……原来如此。”

三明治真的很好吃。每咬一口，新鲜的生菜就会发出清脆悦耳的声音。培根的咸味和西红柿的酸甜也非常协调。

我吃完三明治，端正姿势，向遥婆婆行了一礼。

“我吃饱了。”

“好极了。”

然后我再一次，深深行了一礼，额头低得都快碰到床垫。

“还有，谢谢您。听说是您叫工作人员让我留在这里的。”

于是遥婆婆拍拍我的肩，好像是催我抬起头来的意思，然后说：

“不必放在心上。”

我才说了声“可是”，抬起头来，就看到遥婆婆的笑容。怎么说呢？那就好像是解救了迷途羔羊的女神般慈悲为怀的微笑。不过，不能否认就女神而言，感觉是老了点。即使如此，她的沉稳和威严，还是令人想忏悔一切的罪过，乞求原谅。

“……遥婆婆。”

我不由得叫了她，她又微笑了，静静点头。

“这么一点东西，不算什么。不是有一句俗话吗？”

“……咦？”

“一日不作，一日不食。”

“……是？”

“明天一整天，要请你好好工作。”

她在说什么？这个人——

“哎哟，我刚才也说过，我姊姊是个小气鬼，连请个工读生都啰里吧嗦的。可是，不能请照护人员帮忙的琐碎工作实在积了不少。我平日就为这些琐事该怎么处理而头痛。”

什么跟什么？意思是说，我是送上门来的肥羊？

“你是夏日扑火的飞蛾。虽说现在还是春天。”

哦，原来如此。不是肥羊，是蛾啊。呃，咦？遥婆婆不顾眼前一脸困惑的我，依旧带着笑容，用力抓住我的肩膀。

“你可要好好工作哦。因为你很年轻。”

原来人们的亲切背后，都是有目的的啊！我若有所悟。

遥婆婆所言不假。

第二天早上天还没全亮，我就被遥婆婆挖起来了。

“起床。已经四点半了。”

我觉得“已经”这两个字的用法是不对的。老人的生理时钟坏掉了吗?

我在半睡半醒的状态下，被带到院子里。和从房间窗户看到的印象相比，这院子大多了。约有相当于一个小公园的空间。

而这个宽敞的空间里种了满满的树。树木的种类繁多，大小不一，有直立的也有爬藤的，丰富多变。直立生长的都不是很高，但整齐得有如排队一般，显示出它们存在的分量。枝叶伸展到高处的，都是爬藤类的植物。茂盛得简直像要把拱门啦、老人院的墙面啦、门扉啦、长长的围墙给吞没了。这些不能说是整齐，感觉稍微杂乱一些。不过，也因为这样，有种歌颂自由的畅快。由于让双方并存，院子看起来很有层次深度。庭院的景观意外地有看头。

“这些都是玫瑰。”

遥婆婆环视着树木，带着笑开始解说。

“花季大多是五月开始，现在还有些冷清。只要继续照顾下去，再过半个月左右，花就会一起盛开。到时候这座院子整个都会被玫瑰淹没，那可是非常惊人的……”

的确，假如这里的树木全都开了花，一定很惊人。

“来。先麻烦你除草。”

听遥婆婆说，她都是一个人照顾这座庭院的。这么大一座庭院，由一个老人来照顾，不是很累吗？我说出了我的感想，遥婆婆面不改色地回答：

“一点也不会。只要花上一整天，就都能照料到。”

不愧是老人。时间的用法格局真大。

“可是玫瑰这种树，无论花多少工夫来照料都不嫌多。人手越多越好。”

遥婆婆拿着修枝剪的手一下又一下剪着玫瑰的枝叶，一面愉快地开始说明玫瑰的种种知识。

“现在的季节是枝叶生长得很快的时期。不过，玫瑰需要充分的日照和良好的通风，所以像这样剪去多余的枝叶也是很重要的工作。再来就是除虫，这也很重要。长新芽的时候，会招来很多虫子，一发现就得马上除掉。对对对，要是有虫卵黏在上面，就要连叶子整个剪掉哦。还有，千万不能忘了催芽剂，得算好时间施用才行……”

详细解说作业的遥婆婆，显得生气勃勃。显然，对遥婆婆而言，照料庭院不是义务性的工作，而是嗜好性的快乐。

我遵照遥婆婆的指示，除草、洒水、修剪枝叶。做完这些之后，接下来是采买肥料和杀虫剂。

“肥料有两种，都是五公斤左右。奏很年轻，一个人拿得动吧？店家在车站前，用跑的话应该三十分钟左右就会到了。”

遥婆婆带着暖暖的笑容对我说，但说话的内容一点也不轻松。即使如此，我还是以笑容点头回答：

“好的。”

因为，我把这当作是报答一宿一饭之恩。

为了向遥婆婆拿钱买东西，我们先回院里一趟。结果大批院民聚集在我面前。

“哎呀，这孩子就是掉进海里那个？”

“哦，发色很不错呀！”

“真的，和我们一样。”

她们一面这么说着，一面摸摸我的头、摸摸我的身体。

“不过，肌肤的弹性不同呢。”

“光滑紧实，摸起来好舒服。”

“以前我也曾经这样吗？”

我怀着化身为稀有动物的心情，任她们处置。这也算是一种报答一宿一饭之恩的方法，或者该说是怕事主义的应对方式吧。等到她们知道我要到车站前去跑腿，便理所当然地追加了我的跑腿清单。

一个要我去买风月堂的地瓜羊羹，一个要我去求妙云寺的符，一个要我去拿预约的书，内容五花八门。我家附近的阿姨大婶们已经算是脸皮很厚，但和这里的婆婆奶奶们根本没得比。姜是老的辣？

其中，最夸张的，便是天使三人组，万理婆婆、佐和子婆婆和千惠婆婆。她们好歹是我的救命恩人，所以我行礼道谢，说昨天谢谢三位，但她们却说这不重要，拉着我的手，当场突然恳求起来。

“我们也有事要拜托你！这是我们一生的请求！”

“好、好的……”

“车站前有一家LAWSON[①]便利商店，我们想请你到那边的LOPPI[②]去买票。”

“……LOPPI？”

“就是卖票的机器。”

“你要是不知道，就问店里的人。”

她们所说的票，是歌舞伎演员的脱口秀。好像是和一般歌舞伎公演的卖票方式不一样，让她们想破了头也不知道怎么买。一问之下，原来她们三个是狂热的歌舞伎迷。

“我们是想，我们去操作机器一定弄不好。”

“这方面，奏妹妹是年轻人，一定很会用时下

---

① 日本第二大连锁便利商店，在日本规模仅次于7-11。

② 设置在LAWSON内的多媒体机，类似7-11的ibon、全家便利店的FamiPort。

的机器吧？”

“所以拜托你！就当作是送给来日无多的我们带上黄泉的礼物，帮我们买票！”

虽然不知那是什么东西，但我还是顺利买到票了。然后接下来，风月堂的地瓜羊羹、妙云寺的符、预约的书、总重量十公斤的肥料，全都轻轻松松地到手。凭我年轻的力量，将这一大堆东西独自运回了蔷薇人生。我觉得自己真了不起。这么多年的能干女儿可真不是白当的。

老妇人们看到东西到了都高兴极了，为我准备了早午餐。其实内容非常简单，就是饭团和味噌汤而已。即使如此，大量劳动后的食物格外美味，我几乎是狼吞虎咽地把东西一扫而空。

“呼，真好吃……”

就这样，喘息也不过一下子。休息时间转眼就被打断了。

“啊——找到了找到了，奏妹妹。”

眼尖的登纪子婆婆发现了我，又吩咐我去做另一件工作。

“我呀，把这件事忘得一干二净。中午过后，酒行的人会来回收酒瓶，所以得在那之前把空瓶搬到后门才行。”

登纪子婆婆身上还穿着深紫色的丝睡袍，一副刚睡醒的样子，声音很沙哑，而且有点酒味。

"所以，不好意思，奏妹妹，可以麻烦你吗？"

我说这是举手之劳，就一口答应了。因为我想一个老人家消费的酒，再多也多不到哪里去。可是，我真是大错特错。

"……这些全都要搬吗？"

"对呀。这要年轻人才搬得动，对吧？"

登纪子婆婆指的交谊厅吧台里，摆满了空酒瓶。我数了一下，随便就超过五十瓶。这么多酒瓶，就算是年轻人，要搬也不是那么容易。

但是，登纪子婆婆一点都没有不好意思的样子，说声：

"那就麻烦你喽——"

就打着哈欠走了。

当然，我站在那么多酒瓶前面，一时之间说不出话来。到底要怎么做，才能在老人院里弄出这么多酒瓶来？难不成登纪子婆婆是那种喝酒不知节制的人吗？想归想，我还是打起精神，默默把酒瓶搬到后门。这也是报一宿一饭的恩义。报恩的流血大奉送。

搬完之后还有工作。帮蒂奇洗澡刷毛，换房间的摆设，帮忙用移动电话发电子邮件给孙子，厨房也来拜托我筹措食材。

"你就是那个肯帮忙跑腿的奏妹妹?"

一个厨师打扮的男人这么问我。看样子，我已经成为打杂跑腿要员了。由于没有必要否认，所以我点头说："对。"于是他就很有礼貌地开始自我介绍：

"我是在这里当厨师的田村修一，你好。"

田村是个爽朗的青年，白色的厨师服很能衬托他的褐色肌肤。令人联想到腊肠狗的长相，五官端正得会让班上的女生尖叫。我心里想着，原来在意想不到的地方也有意想不到的人才啊，一面盯着田村的脸看。而田村大概很习惯被别人注视吧。他对我的视线完全不以为意，爽朗地微笑着说：

"我想要楤木芽和土当归，要是有款冬花苞的话也要。能拜托你吗?"

爽朗是很好，但是他拜托的内容我实在无法理解。所以我露出笑容反问：

"……去买回来就好了吗?"

结果田村摇头连说："不是不是"，就拿了一本叫《山菜图鉴》的口袋小百科给我。

"这边的后山是我们的，所以可以去山上采。"

"噢……"

"因为有人希望餐点能够尽量自产自销。"

"……哦。"

“那就麻烦你了。”

于是，我一手拿着图鉴，在山里到处走。一方面是因为别人拜托得太过坦然，以致于我无从拒绝，但最主要的是，我遗传了爸爸的个性，别人拜托就不敢说不。所以，楤木芽也好，土当归也好，款冬花苞也好，我都找到了。我不再觉得自己很厉害，而是对自己感到有点惊讶，原来我就只是个不懂拒绝的废人吗？

把交代的工作全部做完的时候，天已经全黑了。

“……呼，好累。”

我倒在床上自言自语。大概是从早到晚马不停蹄劳动的结果，脚涨得好厉害。手臂和背也好重。

“……好累。”

但是这和昨天感觉到的不舒服的疲劳感显然不同。我呆呆地想着，虽然一样都叫作累，但原来累也有好多种啊。

这时候，有人敲了房间的门。

“奏妹妹，可以打扰一下吗？”

是男人的声音。我立刻爬起来，应了一声“请进”，于是门开了，出现的是刚才在厨房见过的田村。

“我想这个应该是奏妹妹掉的吧？”

说这句话的田村手上提着一个淡粉红色的背包。他说他散步到海岬的时候，看到东西掉在那边。

“因为名牌上面写着K.MORIYAMA。”[①]

不用说，那是我昨天丢在悬崖上的背包。我立刻行了一礼说“谢谢”，然后接过背包。抱在怀里的淡粉红色背包感觉好轻。不过这也是理所当然的。因为里面只装了一点换洗衣服、呼吸器、钱包和手机，还有笔和信纸而已。昨天会觉得那么沉重，我想应该是心情的问题吧。

可是既然这样，昨天感觉到的重量究竟是怎么一回事？我很快就找到答案了。昨天的沉重大概是由疲累所产生的人生重量之类的东西吧。

“我正想去拿，这样我就不用去了。谢谢你。”

我再次道谢，田村笑着摇头说：“哪里哪里。我只是刚好发现而已，别客气。”

他的笑容非常爽朗，所以我无法确认一件事。那就是田村是否翻看过背包里的东西。

因为背包的钱包里有我的学生证。要是看过那个，我的身份就等于暴露了。再不然，假如看到手机里的邮件，一样会知道我离家出走的经过。这也

① 森山奏的罗马拼音为MORIYAMA KANADE。

就算了，更重要的，是夹在信纸里的信，这才是问题。要是被看到了，我就……

但是，眼前的田村却露出无邪的笑容。再怎么看，都不像是知道我的秘密的样子。所以我暗自决定不要打草惊蛇。因为要是看过背包里的东西，得知我的现况的话，我想这位貌似善良的帅哥，表情应该多多少少会有点阴影吧。

我想着这些时，田村走到窗边，视线落在外面的景色上，忽然开口说：

“啊，是遥婆婆。今晚也要照料玫瑰吗？”

他的话让我“咦”了一声。然后马上跑到他旁边。遥婆婆，如果是照料玫瑰，早上傍晚就做得够多了。还要再做些什么？

我靠在窗边一看，田村说得没错，遥婆婆一个人伫立在玫瑰庭院之中。四周都已经暗下来了，她却只靠着门灯和满月的月光继续照料玫瑰树丛。

“遥婆婆……”

“会有点吃惊吧。看她那样一整天一直待在院子里，难免会觉得惊讶。”

田村笑着这么说，我微微点头说：“就是啊。”早上傍晚就算了，在黑暗中还照料玫瑰，感觉的确有点奇怪。

“我啊，刚开始在这里工作的时候，还以为遥婆婆有失智症。我以为，她就像失智症的人会忘记吃过饭一样，忘了她已经照料过玫瑰了。”

失智症？那么精明能干的遥婆婆？对着惊讶的我，田村嘿嘿笑了两声，耸耸肩。

“当然，完全是我误会了。遥婆婆身上找不到一丁点儿失智症的倾向。”

不顾内心想着“那当然了”的我，田村又笑着补上：

“不过，我觉得好像有什么，我是说这院子。”

“有什么？”

我这么问，田村仍带着笑容，仰望半空，说了一句“这个嘛……”

“例如，玫瑰树底下藏了什么之类的。”

说着，田村的视线又朝向窗外。

“美丽的东西底下，隐藏着不美丽的东西，这种事不是很多吗？”

田村脸上仍挂着美丽的笑容，但说出这种话。

“那个庭院里搞不好埋了什么。”

然后他砰的一下把手放在我肩上，继续说：

“所以，奏。不好意思，可以请你帮忙去看看遥婆婆吗？”

“咦？”

“她今天这样实在是太过火了。像这种时候，得要有人去阻止她才行。”

我当然是照他的要求，到庭院去了。因为，我这个人就是没有拒绝的才能。而且最重要的是，我自己也忍不住这么想。

从早到晚一直在整理庭院，实在有点太走火入魔了。

“遥婆婆！”

我一叫，遥婆婆眼睛睁得大大的，停下了手边的工作。

“哎呀呀，奏。怎么啦？”

我在遥婆婆面前伸出了手。

“那个，我来帮忙吧？”

但是遥婆婆却说“不用了”，微微一笑，继续用毛刷轻刷玫瑰的叶子。

“我发现了蚜虫，不过已经处理好了。”

尽管我觉得那温柔的微笑和行为本身之间有点落差，但我还是在一旁看着遥婆婆。遥婆婆把毛刷刷下来的蚜虫，用指尖用力捏死。当中一点犹豫也没有，让我忍不住“呜”的一声倒抽了一口气。亏她一脸连虫都不敢杀的长相，竟然这么狠。但是，遥婆婆却对我的感觉不以为意，以平静的笑容面向我。

“对了对了，今天谢谢你。大家都很高兴呢。说你一点都不像时下的年轻人，实在勤快。”

“哪里哪里，一点小事。”我这么回答，遥婆婆用力摇头，说不是小事。

“不必谦虚。奏真的很努力帮忙。”

这句话，让我很不自然地笑出来。哈哈，哈，有吗？真是尴尬。这种感觉，其实我很熟悉。

“不过真的，那只是一点小事，不算什么。”

从小学起，大人就常对我这么说。奏，你很努力哦。奏总是好努力啊。就连联络簿也经常出现努力这个词。而每次受到这样的评价，不知为何，我都会很沮丧。

你很努力哦。这句话，让我觉得我好像被看透了。

“啊啊，起风了。今天的工作就到此为止吧。”

仿佛要呼应遥婆婆的话一般，玫瑰树丛沙沙作响。大概是海上吹来的风吧，带着一点海潮的味道。空中不断飘过的云朵，遮住了满月。昏暗的庭院，被更深的黑暗所包围。这让我暗自松了一口气。

这么暗淡的月光，应该可以让我那僵硬的笑容看起来没那么不自然才是。

“晚上九点，请到交谊厅来。”

遥婆婆对我这么说，所以我依照她的话，九点准时站在交谊厅的前廊。交谊厅里传出很有气氛的音乐，还有热闹的说话声。

“……这是什么?”

我看到挂在交谊厅门上的塑料牌子，不由得小声冒出一句。

牌子上以紫色的黑体字写着“club登纪子”。

“……club是什么意思?”

我不懂，但还是打开了交谊厅的门。

结果门后出现了意想不到的情景。

房间天花板上挂着旋转的镜球。下面是好几对老绅士和老淑女配合着音乐相依相偎，优雅起舞。后面的沙发上，一样是上了年纪的男女，正喝着酒喁喁细语。这边的沙发上则在开香槟。在开香槟的声响之后，紧接着老人们发出娇呼声。

“……这是什么?”

因为太过吃惊，我当场僵立。

也难怪。这里可是老人院。镜球、充满情调的音乐、跳舞、互相依偎的男女还有香槟，怎么想都不搭调。

这究竟是怎么一回事？我不明所以地愣在那里，然后背后有人说：

“哇，大家玩得很高兴嘛。”

一回头，不知何时遥婆婆已经来到我身后。

“……请问，这、这究竟是？”

我结结巴巴地说，遥婆婆呵呵笑了。

“club登纪子。一、三、五营业。”

什么跟什么……

遥婆婆对大吃一惊的我说“来来来，别杵在那里”，一面催我走进去。我被遥婆婆推着，进了club登纪子。

遥婆婆一副习以为常的样子，在吧台的高脚凳坐下。我也乖乖地坐在她旁边。吧台上有一整排各式各样的酒。

登纪子婆婆就在酒瓶之后。

“哎呀呀！欢迎欢迎，奏妹妹。”

带着笑容对我们这么说的登纪子婆婆，将长长的卷发盘起来，穿着红色天鹅绒洋装，化着浓妆。尽管上了年纪，但怎么说呢，那身装扮感觉就是夜晚的女人。

“老样子，梅酒加水，麻烦来两杯。”

遥婆婆以十分自然的感觉点了酒。我想了一下，确认：

“请问，我也要喝酒吗？”

结果遥婆婆纳闷地睁大眼睛，歪着头问我：

“难不成奏的体质不能喝酒？”

“呃，那个，也不是啦……”

我想我不至于不能喝。我也曾经当爸爸的酒伴，喝过一点点啤酒。不过，那好难喝。

虽然我以成熟自居，但那种大人的味道我暂时还是无法体会。

“怎么说啊，那个……”

看我吞吞吐吐的，遥婆婆又呵呵笑了。

“奏都号称二十岁了。”

光这一句，就把我的嘴堵住了。遥婆婆一定早就发现我不到二十岁了。是啦，这种外表说是二十岁，确实是太牵强了。

“那有什么不能喝的呢？这是为了犒赏奏今天工作了一整天。别客气，请喝吧。”

遥婆婆故意装傻坚持要我喝，登纪子婆婆也像看好戏似的跟着帮腔。

“对对对。难得遥请客，别推三阻四的，喝就对了。她点的可是本店珍藏的三十年梅酒呢。酒精差不多都挥发了，最适合酒量不好的人。”

然后登纪子婆婆便迅速打开吧台的柜子，从里面拿出一个装有焦褐色液体的瓶子。看样子那就是珍藏的梅酒了。

“来。这梅酒比奏妹妹年纪大多了。”

说着，登纪子婆婆打开了密封瓶的瓶盖。鼻子顿时闻到微微的梅香。

“就连散发出来的味道也很古色古香吧。”

登纪子婆婆笑着继续这么说，拿长柄勺去舀焦褐色的梅酒。

“告诉你，它溶在冰里的样子可是很有艺术感的。”

然后将长柄勺里的梅酒徐徐倒入加了冰块的玻璃杯里。焦褐色的液体在玻璃杯里渗透般形成花样。透明的层次显得非常美丽。登纪子婆婆以搅棒搅动玻璃杯里的冰。熟练的动作真美，我在心中暗自赞叹。

“来，请用。”

登纪子婆婆把玻璃杯放在杯垫上，将梅酒推到我和遥婆婆面前。遥婆婆也熟练地拿起玻璃杯。然后理所当然似的，朝我举杯，露出笑容。

“那么，奏，我们干杯吧！”

“……噢。”

我等于是被强迫着举起梅酒酒杯干杯。接着就这样怀着半自暴自弃的心情，含了一口酒在嘴里。

“……咦？”

但是在舌头上扩散开来的味道，和以前喝过的啤酒截然不同。

“真好喝。”

我的话让登纪子婆婆顿时露出高兴的笑容。

“可不是吗？味道很有深度吧。”

对于登纪子婆婆的这句话，我点点头说声：“对呀。”然后又含了一口梅酒。因为没有比较的对象，所以老实说我不知道这是不是有深度的味道。可是，满口的梅香和直通鼻子的感觉，还蛮不错的。这个还真的蛮好喝的。

“酒呀，和人一样。上了年纪的味道就更有深度。当然，也有些上了年纪就毁了。这一点也跟人一样。所以酒才值得我们去爱去品尝。懂得越多就好像越深奥，却又好像越浅，很神奇。”

这样论起酒来的登纪子婆婆，据说在赤坂的俱乐部当了很久的老板娘。所以住进老人院后，也一样凭着过去的经验，一周三天包下交谊厅，开起club登纪子。我心想哪有这样的，但事实上店真的存在，所以也只能乖乖接受了。

“club登纪子是蔷薇人生和其他世界的桥梁。”

“简单地说，就是男人与女人交流的场所。这里的院民几乎都是单身，所以还是需要一些色彩和滋润的。毕竟女人化成了灰也还是女人啊。”

登纪子婆婆这么说，然后对我眨了一下眼。这个动作，不知为何让我觉得好有老板娘的味道。明明上了年纪，却既性感又可爱。

“三十年的陈年梅酒，果真和一般梅酒不同。有一股绝妙的圆润滋味。”

“是啊。我想一定是腌法也很高明的关系。毕竟她腌东西腌了那么多年。”

给我们喝的梅酒，是登纪子婆婆的母亲以前腌制的。

“好几年前整理老家的时候，从地板下找出了一大堆。一找到我就知道了，一定都是我妈妈腌的。”

据登纪子婆婆说，她的母亲不仅做梅酒，也非常热衷于制做梅干、酱菜等等其他腌制的食品。

“大概是因为战时缺粮的关系吧。她就是一直担心会没有吃的。不管时代再怎么变，以前贫苦的记忆好像都不会消失。所以她什么都做成腌制食品，可是终究因为年纪大了，会忘记收在哪里。”

但是登纪子婆婆的母亲对于忘记这件事，并不怎么在意。

“她说，就算忘了，反正东西一定在某个地方，所以没什么好在意的，也不怎么认真在找。”

我心想，是啦，这也是一条真理。就算忘了，腌好的梅酒也不会就此消失。

“所以过了好几年——不，是过了好几十年，若找到了还能吃，这就是祸福的福。要是不巧坏掉了，就是祸福的祸——我妈还编出这样的歪理呢。”

“……或、或扶？”

我一问，登纪子婆婆便点头笑着为我解释。

“祸就是祸害，不好的事，福就是好事。就像是不幸与幸福。有福有祸才是人生。我妈妈呀，就是爱把事情放得很大来糊弄我们。”

对登纪子婆婆的这番说明，遥婆婆笑着响应：

“可是很有道理呀。你母亲说得没错，人生处处都埋藏着祸福。”

听了这话，登纪子婆婆也露出苦笑，扬起眉毛。

“也是啦，能够找到这梅酒，确实成了我人生中的福气。”

“没错没错，这就代表你母亲留了福气给你呀。”

听着她们这些对话，我想象起未曾谋面的登纪子婆婆的母亲。比年老的登纪子婆婆更加年老的母亲。头发全白，个子娇小，驼背驼得很厉害。行动也很迟缓，走几步就要停下来捶捶肩膀。感觉是个可爱的老妇人。这样的母亲把梅酒瓶藏在地板底下，或是天花板上，或是流理台后头。慢慢把一瓶瓶梅酒搬到她想得到的地方去。

“……”

想象中的登纪子婆婆的母亲，露出了愉快的笑脸。然后以那样的笑脸，和小孩子把宝贝做成时光胶囊埋起来一样，把梅酒到处藏起来。

“……感，觉……”

我陶醉地对脑海里浮现的这片影像喃喃地说：

“这样，很棒。”

一面说，一面觉得不可思议。我在说什么啊？发出来的声音听起来也不像是自己的声音。感觉好怪。

“……要是我也有就好了。”

这才发现脸颊变得好烫。心脏也跳得很厉害。可是头却轻飘飘的，没有心情去好好思考身体的变异。

“我的，人生，要是也有祸福……不对，是福气。要是有福气就好了……”

平时不说这种话的我，竟感慨万千地大放厥词。看我这样，遥婆婆和登纪子婆婆互望一眼，笑了出来。

“哎呀，奏妹妹，你醉啦？”

“哎呀呀！因为好喝就一下子喝完的关系啦。”

听到她们两人的话，我趴在吧台上。是吗？原来这就叫作喝醉啊，我自个儿深深感动着。看了一下，玻璃杯的确空了。因为香甜好喝，不知不觉就咕嘟咕嘟大口喝光了。

喝醉的我也不管会不会被别人笑，继续胡说八道：

“……可是，一定不会有的。我的人生怎么会有福气……有的，都是祸害……”

然后，我模模糊糊地回顾起自己虽短却颇为波澜万丈的过去。爸爸，妈妈。家庭失和，破灭。随便应付的学校生活。爸爸的再婚。新的家人。从那里离开的离家出走。总觉得一切的一切，全都是灾祸的根源。再怎么翻怎么找，都找不出可能会转祸为福的事物。

“……一定都不是好东西。”

说完我闭上眼睛，只听见遥婆婆和登纪子婆婆的笑声，汩汩流进耳中。

“放心吧，奏妹妹一定两种都会有的。”

“是啊。自古人们就说，祸兮福所倚，福兮祸所伏。”

我因为她们的话微微抬起头，勉勉强强问：

“……祸、祸西……？”

于是遥婆婆笑着为我说明：

“就是说，幸与不幸，是一个紧接着一个，轮流来的意思……”

这句话将完未完的时候，后面的座位响起了客人们的欢呼声。播放的音乐变得很大声。制造气氛的旋律和遥婆婆、登纪子婆婆的说话声混在一起。我好像被吞没在声音的旋涡中。不断转动的镜球洒下如鱼鳞般的光点。我朦胧地想着，好像从水里仰望天空啊。传进耳里的声音也闷闷的，果然很像在水里的感觉。

"所、伏……？"

在水中，我竖起耳朵，好把遥婆婆和登纪子婆婆的话听清楚。可是我只能听到片段。

看样子，我完全被酒打败了。……对对对……就像梅酒那样，突然间……奏身上也会发生这样的祸福……就算忘得一干二净……藏在哪里……不会消失……埋在什么地方……

她们的对话从一半就开始变成摇篮曲。我则是开始咕嘟咕嘟沉到睡眠的海里。……一定……的。奏也会……有福——只觉得远远地传来这样的声音。

摇呀摇的，远远地，微光在晃动。手脚有点重。我好像在水里漂荡般，做了一个短短的梦。

"……嗯。"

我梦到了小时候。

在梦中，我坐在脚踏车后座。头发是湿的，发梢挂着水滴。发梢碰到的肩膀和背上，到处都有一点一点滴湿的痕迹，热热的身体觉得这些地方凉凉的很舒服。

风吹着脸颊。把身体微微一偏，就能看到前方天空的夕阳。好耀眼，让我微微眯起了眼睛。

骑着脚踏车的，是年轻时的妈妈。垂在肩上的细细咖啡色头发，闪闪发光地随风飘动。妈妈哼歌的声音从头发的缝隙传过来。心情好的时候，妈妈都会哼歌。

我会把这些歌乱编歌词来玩。有时候会听到妈妈的笑声，所以我就会很高兴，把歌唱得更大声。我乱编歌词唱歌，好让妈妈听到，好让妈妈多笑。为了吸引妈妈的注意，我就会这样，一直唱一直唱……

“妈妈。”

醒来时，我睡在床上。敞开的窗户渗进了刺眼的朝阳与温柔的和风。

湿的不是我的头发，也不是我的肩和背，而是脸颊。看样子，我睡着的时候哭了。为数不少的眼泪把脸颊整个濡湿了。大概是梦的余韵吧，眼泪还不听使唤地继续流下来。

“……奇、怪？”

过了一会儿，我才发现有点不对劲。我睡的，不是她们安排给我的房间。而是一张比那个房间更大、更软的床。这里究竟是哪里？我坐起来，发现遥婆婆和登纪子婆婆在床的两侧发出熟睡的呼吸声。但是，不愧是老人。好像睡眠很浅，马上就被我的动作吵醒。

“……哎呀，奏妹妹，你醒啦？”

在club登纪子睡着的我，似乎是被扛进遥婆婆的房间了。而把我扛进来的遥婆婆和登纪子婆婆，也就这样一起睡着了。

“……讨厌啦，我竟然忘了卸妆。”

“……我也是，还有庭院要整理，却整个睡过头了……”

两人一面说，一面爬起来。然后一看到我，眼睛就睁得好圆。

“哎呀呀，奏妹妹，你的鼻头好红呢？”

“眼睛也是肿的，怎么了？”

被她们两人一问，我吸了一下鼻子，笑了笑。

“呃，这个是，因为……好像做了奇怪的梦……”

听我这么回答，两人更加好奇，问我：

“梦？什么样的梦？”

“可怕到把你吓哭的梦吗？”

对这些单刀直入的问题，我露出苦笑，摇摇头。

“不是。只是梦到以前的事而已。上小学之前的……”

刚才梦里的片段，在脑海里苏醒。湿掉的头发，吹在脸上的风，妈妈前面的夕阳，乱编的歌。我记得，那是从游泳教室回家的路上。我回想着当时，慢慢说起过去。

“我有气喘……不过现在已经很少发作了……以前常进医院……所以医生建议我游泳……我学游泳学了一阵子。”

从家里到游泳教室有相当的距离，可是妈妈还蛮常骑脚踏车载我去游泳。一到假日，爸爸也会开车带我们一起去。

“我只是梦到那时候而已。去学游泳那时候的梦。梦一点也不可怕，而是太令人怀念……我大概是因为这样才哭的。”

听了我的说明，登纪子婆婆“哦”了一声。

“原来奏妹妹，你学过游泳啊。”

“……嗯，是啊。”

可是其实，我根本就懒得去学。我本来就怕水，所以迟迟无法适应游泳班那些粗鲁的男生。

可是，即使如此，我还是继续学，从来没说过一句我不想学了。我乖乖听老师的话，用心上课。因为只要我游得好，爸爸妈妈就会高兴得不得了。

意外地救了我。

“我竟然忘了……”

在玻璃墙后面朝我挥手的爸爸和妈妈。我向他们两人展示我刚学会的自由式。看呀，看我！我很厉害吧！我已经会游泳了哦！一心只希望爸爸妈妈称赞我、对我笑，而不管三七二十一拼命努力。

“我真是太健忘了。真的，好笨喔……”

听我这么说，遥婆婆和登纪子婆婆摸摸我的头，说还好啦。忘了这么一点小事算什么。就是嘛，哪像我们，无日不忘。就是啊，像我，上次连房间在哪里都忘了。说到这，我也想不起前几天到底吃过晚饭没，伤脑筋呢。

她们一边告诉我这些小插曲，一边笑着说：

“不过这些都不算什么啦。”

“是啊。因为人生其实都是有道理的。”

在平静微笑的两人面前，我也很老实地认为，也许真的是如此。

即使在短短十三年的人生里，好像也已经有了祸福的福了。

于是，我离开蔷薇人生的事没有发生，可以在这里赖着不走了。

因为老板熏婆婆答应雇用我。看来是我的勤奋也传进了她耳里。

三名少女的折纸信

遥婆婆说得没错，刚进入五月不久，庭院里的玫瑰就开始开花了。

庭院中央的拱门是William Morris。淡粉红色的小小花朵盛开，多得仿佛要从枝叶上漫出来了。拱门因此化身为玫瑰通道。Summer Snow的枝叶简直好像覆盖在老人院墙上，名副其实地在整面墙上洒上了雪白的花朵，创造出宛如雪地的景象。装点了围绕在庭院围篱的，是Cornelia、Felicia、Cardinal Hume和Mary Rose。每棵树都开了好多花，是围篱，更像是耸立的玫瑰墙。种在花坛里的La France、St.Cecilia、Garden Party和Fragrant-Apricot也开满了花，一样是多得好像要从枝叶上漫出来似的。

花朵似乎都具备了发光的特质，即使是天还未亮的清晨，看起来仍像散发出淡淡的光晕。也许这是美丽的事物所具有的特性。让太阳还没有完全升起的清晨庭院荡漾着柔光。而我，每天早上只要站在庭院里看到这些玫瑰，都不禁为之叹息。为震慑人心的美微感到晕眩。

我想，玫瑰花并不知自己的美，所以才会这么毫不犹豫地坦然绽放。这是我对玫瑰这种花很直接的感想。

在开花的这个季节，要暂时停止施肥。但照料并不会因此而变得比较轻松，反而更加忙碌了。除了每天的照料工作外，还要加上处理花朵这一项。一茎一花的，必须在开花的状态下就剪下来，这样才会开下一朵花。一茎多花的，则是将开完的花一朵一朵摘下来，等全部都开完了，再整串剪除。因为树丛多，工作量也不小。

枯叶和虫蛀的叶子也必须仔细剔除。这是为了预防疾病和虫害。

“玫瑰照顾起来是很费事的。”

遥婆婆一面剪枝，一面笑着说。简直像费事是件令人高兴得不得了的事。

“不管有多少时间都不够。”

遥婆婆为了玫瑰废寝忘食。

举例来说，对，就好像万理婆婆她们，为歌舞伎演员神魂颠倒一样。

受雇在蔷薇人生打工的我，当初是被任命为遥婆婆的庭院助手、为院民跑腿，还有帮厨房与club登纪子打杂的。但是有一天，由佳小姐突然提出一件意想不到的事，于是我的工作内容稍微有些变动。

“反正都是在老人院工作，奏妹妹要不要试着当照顾服务员？”

试着当照顾服务员，又是一个异想天开的建议。据由佳小姐说，只要有五年照顾服务员的经验，就有资格报考照护经理。

我个人因为是谎报年龄来工作，所以不用想都知道，在这里累积再多经验，也是没有报考资格的，但是我又不能用这个理由一口拒绝由佳小姐的提议。

“接下来的时代，照护工作的需求很大。有资格搞不好会派上什么用场。”

也不知她是出于亲切还是鸡婆。总之，由佳小姐这么说，就把院民分配给我。

在蔷薇人生，三名院民配一个照顾服务员。所以我也照例负责三位院民。草薙万理婆婆，美作佐和子婆婆，本城千惠婆婆。面对这样的人选，我有点退缩。

“……请问，是那三位吗？”

“对。就是把奏妹妹从海边捡回来的救命恩人。”

“……嗯，是没错啦。”

“真好，这样你就可以报恩了吧？”

“……也许是吧……”

万理婆婆、佐和子婆婆和千惠婆婆，在蔷薇人生里也是数一数二的好朋友。旁边的人都叫她们

"房总喧哗女郎"。可想而知，房总套的是暴走[1]这两个字。

换句话说，她们是几位有点暴走倾向的女性。她们对歌舞伎演员的偏爱到了疯狂的程度，那样子在蔷薇人生里特别引人注目。

早上在餐厅大谈前一晚看的歌舞伎DVD感想，或心爱演员的八卦，严重的时候会在餐厅里一直坐到中午。下午宣称要学习传统艺能，泡在视听室里，以大屏幕一直观赏歌舞伎啦、狂言的公演影片。有时候也会离开视听室，让其他院民使用，但这种时候几乎都是跟在田村——据她们说，田村是罕见的歌舞伎演员脸——身后，热衷于偷看或偷拍他。到了晚上，又聚在其中一人的房间里，哇啦哇啦大呼小叫地看歌舞伎DVD到深夜。这里隔音设备做得很好，但只要门一开，就会听到她们的娇呼声。

她们就是这么一群有点太过狂热的歌舞伎迷。

"……要怎么说啊，我能够胜任吗？"

我想，应该是没办法。我在语尾加了这样的意味，回了由佳小姐的话。但是，对于我没说出口的

---

① 书中的蔷薇人生老人院位在房总半岛，房总与暴走日文读音相同。

暗示，由佳小姐轻快地不予理会地说：

“哦，这一点你完全没问题。”

显然根本不管我的状况。

“那三位基本上很健康，而且生活能够自理，也没有特别照护的必要。我想，你只要在做完庭院的工作之后，去问问她们有没有事要做就可以了。”

然后，由佳小姐以不由分说的笑容说：

“唉，凡事都是人生经验。在这不景气的年代，没有选择职业的自由。事情就是这样，别推三阻四的，加油吧！”

由佳小姐说得没错，她们都很健康，一点也不需要照护。

不过，纵观蔷薇人生的所有院民，也没有需要照护的人。因为这家老人院的概念就是“度过优雅的后半生”。换句话说，这里是以提供优质的生活作为经营定位，而不是照护服务。

“生活能够自理是入住时的条件。所以这里和以照护为目的的设施色彩相当不同。不过，现在的住民都是超过七十岁的婆婆了，想必以后一定会出现需要照护的时候。照顾服务员就是为了未来所准备的。只是现在还没有那样的人罢了……”

这样说明之后，由佳小姐望着远方般加了几句：

“昭和初期出生的人都很有活力。至少跟昭和后期[1]出生的我们这一代相比，有活力多了呢。”

我很赞成这个意见。就算和平成[2]出生的我比，她们也比我有元气得多。

说到这个，万理婆婆、佐和子婆婆和千惠婆婆的入住小插曲，也算是洋溢着某种活力。详细情形如下。

首先是万理婆婆。

“我是过了六十岁的时候开始找老人院的。我早就做好打算，要趁我还健康的时候住进去。就是所谓的未雨绸缪喽。等到状况不好再搬进来，我怕会无法习惯新生活。我离过两次婚，这可是我从中得到的教训：最后能够依靠的就是自己，还有为将来做好的准备。所以我才决定住进这里。”

以“我懂我懂”赞同对方这番意见的，是佐和子婆婆。

“我是所谓的熟年离婚。喏，退休的丈夫收到妻子提出的离婚证书，这种事不是常听说吗？不过我家是相反，是做丈夫的提离婚。他啊，说什么要

① 日本昭和年号始于一九二六年，共六十四年，初期约指一九二六年至二战结束，后期约指一九六六至一九八九年这段期间。

② 一九八九年迄今。

过第二个人生。什么第二个人生！就是新的女人啦。好像从好几年前就有了。你们不觉得很过分吗？所以我狠狠敲了一笔财产和赡养费跟他离婚，离就离呀！我也要过我的第二人生，就决定住进这里啦。住这里的好处，就是茶来伸手饭来张口。能过这么优雅的生活，谁还要丈夫啊！”

相对于这两位，千惠婆婆的情况稍微温和一些。

“自从十年前我丈夫过世之后，我一直一个人生活。两个儿子都各自有家庭，而且这年头和儿子媳妇住，反而是当婆婆的劳心操烦不是吗？再说，我的个性也适合一个人住。本来悠然自得地过我的日子，结果儿子们偏偏都被调派到国外。这么一来，他们吵着说不能把母亲一个人留在日本，提出什么一起住啦、跟我们去国外啦。所以，我就决定在这里生活。因为我住进来，儿子们就没有担心的理由了。”

但是，接下来最关键的一句话，有些无情。

“别的不说，要是搬到国外，就不能去看歌舞伎了。这可是我绝对无法接受的。”

我心想，这种理由要是让儿子们听到了，肯定会傻眼，但万理婆婆和佐和子婆婆却对千惠婆婆的发言拍手叫好。

“漂亮！这样才对嘛！”

“咿哟！绝代的播磨屋[1]迷！”

“呜呼呼！因为在国外也看不到鬼平[2]呀！”

她们的优先级绝对是以歌舞伎为首。儿子、孙子都只能屈居第二。简单地说，就是优先级乱了。她们那狂热的样子，的确配得上暴走喧哗的称号。

一问之下，原来我会当她们的照顾服务员，也是她们的暴走起的头。

“这里的照顾服务员啊，不都是有点年纪吗?”

“对对对！所以不太能够理解我们为什么要追星。”

“我们就想，在这方面，年轻的奏妹妹应该很能理解才对。”

“所以我们就拜托由佳小姐，让奏妹妹当我们的照顾服务员。”

这是我以照顾服务员的新身份去打招呼时的事。万理婆婆、佐和子婆婆和千惠婆婆当着我的面这么说。说到这儿，蔷薇人生的照顾服务员平均年龄大约三十岁。别说年纪大了，活得都还不到她们的一半，全都是些年轻人。可是，看样子，她们身

① 歌舞伎演员的称号。

② 鬼平为日本富士电视台知名时代剧《鬼平犯科帐》主角，由第二代中村吉右卫门，即上述的播磨屋主演。

上那个名为年龄的计数器，已经被她们破坏成她们想要的样子了。

“照顾服务员的态度都很好，可是就是有点爱碎念。”

“就是啊。说什么晚上要早点睡啦，DVD看太多了啦，只有脑筋顽固的大妈才会说那些。”

“很讨厌对不对？我们又不是小孩子了。”

我想没有人不知道你们不是小孩子了。

不过，就这样，我成为负责她们的照顾服务员，也就是成了她们的歌舞伎打杂小妹。去买报导歌舞伎演员的杂志，剪贴照片报导，偷拍休息时间或是工作中的田村。总之，她们要我做的事，怎么想都不会是照顾服务员的工作。我想如果是其他的照顾服务员，的确是会苦笑。但是，我还满诚恳地应对。只能怪我这不敢说不的个性。就这样，我完全被她们牵着鼻子走，一回过神来，每天都为了剪报章杂志、拼贴田村的照片，窝在她们房间里。

当然，就算做这些事，我还是完全不明白歌舞伎究竟好在哪里。虽然不明白，但陪她们是我的工作，陪着陪着，也对歌舞伎演员稍微熟悉一点了。例如，演员的名字是袭名的，海老藏已经是第十一代之类的。不过，这些对万理婆婆她们来说，全都是最基础的基础而已。而且，也顺便多了解了田村一点点。因为她们对田村也像歌舞伎演员一样，极其热心却又秘密地追星。

田村这个人，据说是正好在一年前的这个时候来到蔷薇人生的。他本来就是个流浪厨师，厨艺是从换过一家又一家海港小镇的餐厅、饭店磨练出来的。只不过他之所以不断换工作地点，并不是为了磨练厨艺。田村据说是为了他唯一最爱的嗜好——冲浪，而跑遍各个海港城镇的。

“一发现好浪，就会搬到那个海边去。可以说是浪迹天涯，也可以说他是个自由人。这也是田村的魅力之一呢。”

“最最厉害的，是他的眼神呀！看起来就像海老王子再世。”

“我懂。你是说第九代对不对？那个感觉好像哦。”

就我看来，田村不像歌舞伎演员，还是比较像腊肠狗。但在万理婆婆她们眼里，他俨然就是海老。因此万理婆婆她们也把偷拍来的田村照片整理剪贴成好几本剪贴簿。然后每次三个人看了，都会像国中女生那样尖叫。

你看田村，不愧是有在冲浪，身体的线条多好啊。就是啊就是啊！他的锁骨！胸膛！还有屁屁。柔韧的手臂。“讨厌啦！你会怎么对我”的那种感觉！

我想田村完全没有要对你们怎么样的意思。这些话题都是她们可以讨论到天长地久的主题。

光是被他深情凝视，我就会晕倒。是吗？他要是凝视我的话，我好想被他轻轻抱一下哦。讨厌啦！他要是抱我一下，我一定会血压狂飙！我是低血压所以没关系，再多抱几下都没问题……不公平！万理！我也想要低血压！

这些对话我都当作没听到，按照指示，默默地把她们要的照片从杂志上剪下来。一面很有感触地想着，学校里面也有这样的女生，然后又认真想着，可是这些人都已经是年过七十的婆婆了，还是像中学女生一样，这又该怎么说呢？

同时间，她们没有注意到我在想什么，谈起了心仪的歌舞伎演员。一会儿是第几代的松元幸四郎比较好，一会儿又是勘三郎的新舞台如何如何。她们说，只要聊起歌舞伎，一天一下子就过去了。这种没有终点的对话，她们竟然能够持续这么久，我有点无法理解，但也许就是因为对话没有终点，才会像这样没完没了吧。和她们三个人在一起之后，我开始这么想。

总而言之，她们就是年过七十的少女、小姑娘。正因为她们是少女，也会发生一些无谓的争吵。

拜托，佐和子，你那剪报……哦，这个？很棒吧？第十一代的微笑！不是那个！那背后是染五郎的照片……！咦？哎呀，真的呢。可是有什么关系呢？我们已经有很多染王子的照片了呀。

可是，你那种剪法会把染五郎的脸剪成两半……哎哟，万理怎么在意这种小地方。反正贴上去以后，后面的照片就看不到了。这不是重点好不好。哎呀！不然重点是什么？你不爱他！佐和子以前明明说过染五郎在年轻一辈里是最棒的！

争执的多半是万理婆婆和佐和子婆婆，千惠婆婆则夹在中间左右为难，这是她们吵架的模式。

我又有什么办法！时代这种东西就是天天在变的！你这就叫作薄情！什么嘛，万理自己还不是很喜欢海老藏！这跟那是两回事好不好！

万理婆婆和佐和子婆婆大眼瞪着小眼。千惠婆婆插不上话，不知如何是好。在这当中，我继续拿剪刀剪我的。咔嚓咔嚓，咔嚓。

"……"

因为，我实在不知道这种吵架该怎么劝架才对。管他是染还是海，老实说，"这种事有什么好吵的"才是我真正的心声。结果万理婆婆和佐和子婆婆不说话，各自回房间去了。被留下来的千惠婆婆说着，"啊啊，伤脑筋，怎么办？"但仍继续做剪贴。旁边的我也一样不知道该怎么办，就学千惠婆婆，把剪贴做完。

要陪伴小姑娘，唉，累人啊。

“今天早上在餐厅里，万理婆婆和佐和子婆婆没说话，出了什么事吗？”

吵架隔天，由佳小姐这样问我。人员配置虽然随便，但不愧是照护经理，眼睛果然雪亮。因此我解释了昨天剪贴事件的概要。事情其实是如此如此、这般这般。

接着由佳小姐说了出人意表的话。

“……那么，秦妹妹，你做了什么处置？”

我当然摇头。

“没有。我什么都没有做。”

“遇到这种时候，你要跟她们说说话。”

“……说话？说什么……”

“像是我了解你的心情。或是，好过分哦！可是，还是道个歉比较好吧之类的。女生的社会有这种对答不是吗？”

什么？这是什么没营养的对话啊。我心里虽然这么想，但由佳小姐说得认真，所以我也一脸严肃地回答：

“……这样，啊。”

于是由佳小姐就一副理所当然的样子，开始

说：

“当然，不必在吵架当时说。看她们各自回到房间之后，再跟她们说就好了。女生这种生物啊，光是发发牢骚，心情就会清爽很多。”

“……哦。”

“心情清爽以后，就会觉得寂寞，想念对方，然后一下子就会和好了。少女心变得跟秋天的天空一样快。奏妹妹也是女生，应该明白吧？”

我一点也不明白。

尽管心里这么想，我还是含糊地笑着回答：

“……原来如此。是这样啊。”

于是由佳小姐说就是这样，然后双手架在胸前交叉，下达指示。“总之，万理婆婆和佐和子婆婆吵架，你要当仲裁。”

“大家都是来日不多的老人家，每天努力让她们多过一点愉快的时光，是我们照顾服务员的责任和义务。”

那样叫作来日不多的老人家？实在看不出来。我在内心顶嘴，但表面上还是说：“我明白了。”识时务者为俊杰。这是我的礼节，也是我的处世之道。

我遵照由佳小姐的建议，分别听万理婆婆和佐和子婆婆各自的说法。

“佐和子对一些事情很粗心不是吗？有时候她那样会让我无法忍受。她很自我，常常别人说话说到一半，就突然讲起她自己的事。我看哪，她就是那个样子，老公才会跑掉。她老公一定是觉得她没把他放在心上。”

万理婆婆就这样说佐和子婆婆的坏话说了好久。

另一方面，佐和子婆婆也倾吐了她对万理婆婆的不满。

“万理每次都一脸‘我才是对的’的样子。感觉差透了。无论什么都要用她自己的尺度来看。像她那样，就叫作独善其身。说什么会剪到染王子的脸，装什么好人？装出一副高雅的样子，其实很独断。难怪会离两次婚。”

我耐着性子听她们两个的话。嘴上应着哦哦，这样啊，原来如此，就是啊。照由佳小姐所说的战略，让她们发发牢骚，倒倒心里的垃圾。

像这样，说了一阵子对方的坏话以后，两个人却不约而同地开始说起对方的好话：“不过，她也是有优点的。”最后竟然开始反省说：“我也说得太过分了点……”原来如此，她们的反应和由佳小姐说的一模一样。由佳小姐虽然一点也没有少女的样子，却精通少女的生态啊。

首先采取行动的是万理婆婆。她开始振笔疾书地写起信来，然后又仔仔细细地折好，交给我。

“这个，请你拿去给佐和子。”

万理婆婆折好的信，形状像一朵花。我马上把那朵花送去给佐和子婆婆。佐和子婆婆熟练地拆开那朵花，看了万理婆婆写的信。然后一样也马上写了信。

“这个，麻烦拿给万理。”

这次的信是折成纸鹤给我。看样子，她们两个通信的时候，讲究折纸是她们的惯例。

而我，便在万理婆婆和佐和子婆婆的房间之间来回了好几次。因为她们传了好几封信。我简直就像手机的简讯一样，在两人之间来来回回。然后，当她们的桌上摆了好几份纸鹤、纸花、纸球、纸星星的时候，她们总算在餐厅会合，然后果真像少女那样，扭扭捏捏地和好了。

“……那个，对不起喔。”

“哪里，我才要说对不起。”

就这样，看着万理婆婆和佐和子婆婆坐在同一张餐桌旁，千惠婆婆也才终于安心地吁了一口气。

“啊啊，太好了。”

她的笑容真是善良又温暖。

“幸好你们赶在歌舞伎公演之前和好，让我松了一口气。这样我们就可以三个人一起去看戏了。”

但她说话的内容，还是包含着坚定不移的原则，就是歌舞伎优先。千惠婆婆也实在是，going my way。

万理婆婆和佐和子婆婆当然有同感。“我们才没有那么不识相，才不会吵架吵到那时候呢。对不对？”“那当然了！心里存着疙瘩看戏，那怎么可能！”

原来歌舞伎甚至是维系她们感情的法典。

遥婆婆摘着玫瑰花，一面淡淡笑着对我说：

“我有点意外。”

遥婆婆听小道消息说，我当万理婆婆她们的服务员，没想到做得还有模有样的。

“因为我看奏好像不太喜欢女孩子的小圈圈。我还和登纪子说，你当了万理她们的服务员，搞不好很快就会跑掉。”

我也边用刷子刷掉蚜虫边回答：

“……这件事我也很意外。因为我真的是蛮怕女孩子的小圈圈的。”

“哎呀！那你是怎么和万理婆婆她们相处的？”

“这个，我自己也觉得很不可思议……”

对于我的话，遥婆婆“哦”了一声，想了一会儿，好像想到什么，微微含笑。

“我想，应该是那个吧。”

“……哪个？”

“因为万理婆婆她们是专业的少女。”

“……专业？”

我感到讶异不解，遥婆婆却径自有所领悟般“嗯嗯”有声地点头。

“无论是哪一方面，专业人士做起事来看着都很舒服。”

“噢……”

“万理婆婆她们也是这样吧。”

这道理令人似懂非懂，但我还是点头说声“原来如此”，用力把手心里的蚜虫捏扁。

先别管专业少女什么的，我打理园艺工作的手法天天都有进步，已经像个内行人了。

现在看到毛毛虫，不需犹豫就可以拿起铲子给它来个一刀两断。

庭院的绿意一天比一天浓。玫瑰也开得一天比一天灿烂。

做完庭院的工作，我正准备去万理婆婆她们的房间时，没想到由佳小姐叫住了我。

“奏妹妹，可以来一下吗？”

“好……”

平常有话要说的时候，由佳小姐都是当场交代的，这天却很难得地，把我带到一个算是会议室的地方。

由佳小姐叫我坐在一张圆椅上，然后坐在我面前的一张折椅上。然后，她开口了。

“是关于万理婆婆的事情。”

“是？”

由佳小姐的视线从我身上移开。就这样看着别处，手指搓着下巴，缓缓地说：

“……她的癌症复发了。”

“啊……”

我发出走调得很厉害的声音。因为一时之间无法理解由佳小姐说的话，不由得产生了好像听到笑话的反应。可是由佳小姐压低声音，一本正经地继续说：

“所以，这几天会请她住进合作的医院。”

可是，我还是完全无法理解。因为，那个万理婆婆怎么会得癌症！

“会不会是……弄错了？因为，万理婆婆精神蛮好的啊？”

处于混乱中的我这么说，由佳小姐态度超然地回答：

“现在是很好。接下来就会越来越不好了。”

“怎么会……”

“生病就是这么一回事啊。”

由佳小姐对着说不出话来的我，继续平静地说明：

“万理婆婆五年前动过乳癌手术。乳癌第三期，也就是说，病情算是很严重，左乳房全部摘除。可是，后来的治疗很顺利，今年春天刚好就是第五年。五年内没有复发，癌症就算是治好了。换句话说，万理婆婆的癌症本来也被当作是治好了，但是现在状况发生了改变。

“转移的情况比上次更严重，是第四期，而且转移的地方是淋巴和肺这些不太好的地方。住院以后，可能就不会回到这里了。”

面对由佳小姐平静的语气，我只是一味茫然。

“我们已经告知万理婆婆了。她说想去看下周末的歌舞伎，看完再住院。所以我们决定把住院的日期稍微往后延。”

“……咦？”

“因为她力争说，这次可能会死，一定要看，不然死不瞑目。”

“她的家人怎么说？”

“万理婆婆没有家人。”

“……啊，哦。”

看着只能无力应声的我，由佳小姐勉强挤出

笑容。

“……事出突然，你大概会不知所措吧。但这里是老人院啊。”

可是，我还是无言地将视线落在由佳小姐的手上。由佳小姐放在办公桌上的手，只有那根食指烦躁地动个不停。指尖咚咚轻敲着桌子，好像借着这个动作，来保持指尖以外的地方的冷静。

“住在这里的人，绝大多数都会比我们早离开人世。”

“……”

“这纯粹是以平均寿命来说啦。就算我们比较年轻，也可能今天或明天就死了。”

由佳小姐以开玩笑的语气说，然后砰地拍了一下我的肩。

“……不过，事情就是这样。”

我的头脑算是理解了。可是，心情一点也跟不上。

万理婆婆应该已经被告知癌症复发了，但她的样子却和平常没两样。偷偷跟在田村身后，和佐和子婆婆、千惠婆婆一起叽里呱啦，剪贴歌舞伎演员的照片，谈论起要是只能带一张照片到无人岛上去的话，要选哪一张。

一起行动的佐和子婆婆和千惠婆婆也和平常完

全一样。所以我以为佐和子婆婆和千惠婆婆应该对万理婆婆的病情一无所知。

否则，她们怎么可能还能笑得那么开朗。可是，看样子是我误会了。我大概太小看专业的少女了。

那时她们照常看着歌舞伎的DVD，说这个演员的姿势多迷人、他的“见得”[①]最漂亮，一边剪贴杂志的时候。聊着聊着，佐和子说起：

“如果要在人生最后一天看，你想看哪一出戏？”

万理婆婆便望着远方，喃喃地说：

“人生的，最后一天啊。”

刹那间，我“呜”了一声，垂下目光。万理婆婆说的最后一天这个词，沉甸甸地压在我心上。可是万理婆婆没有注意到我的变化，如数家珍地点起戏来：

“选《葛叶》好了。不然，《镜狮子》、《劝进帐》也不错。说到最后，就还是很难决定啊……”

双手交叉在胸前的万理婆婆，以严肃的神情沉思起来。于是佐和子婆婆和千惠婆婆也帮忙似的，

① 歌舞伎中演员在高潮时骤然停顿，摆出特定姿势瞪目怒视的表演方式。

开始这个那个地插起嘴来。……《娘道成寺》怎么样？万理很喜欢吧？不然，还可以选《六助》。不过要看是谁主演就是了。还是要由玉三郎来演吧？或者是《弁天小僧》？不不不，《关之扉》？还是《忠臣藏》。啊啊，实在太多了，让人好犹豫喔。就是嘛，只能选一个根本选不出来。

她们一如往常聊得开心，我则是径自整理剪贴的照片。一想到她们能这样谈笑的日子也不多了，就觉得难以承受。

"……"

身旁的人将永远不在。死就是这么一回事，而且是相当令人难受的。我暗自深有感触。从这么天真无邪、这么愉快的人们身上夺走一切。生病、死亡，还真是无情。

"……"

我想，当时的我变得很感伤。无论如何都无法接受万理婆婆的病情。可见得平常的我虽然是一个老奸巨猾的谋略家，但终究是个几乎尚未接触过死亡的十三岁小丫头。

为了掩饰我的不知所措，我专心致志地剪贴。

"……每一出都很精彩。一说到最后，就每出都很想看，选不出来啦。"

万理婆婆在默默做事的我身旁认真地继续烦

恼。一副什么事都没有的样子，遥想最后那一天。

“不能选第九代海老王子的戏喔？”

“那个喔，等你到阴间再看吧。”

她们是以什么样的心情，来想多半比我近得多的那最后一天呢？我完全无法想象。

过了一会儿，头一个想出答案的，是万理婆婆。万理婆婆“砰”的一声，捶了一下手心，笑容满面地说：

“我想到了！”

我们一起看着万理婆婆。于是万理婆婆一副要宣布绝妙好主意的样子，挺起胸膛大声地对我们说：

“最后一天，我要和佐和子跟千惠聊天。”

万理婆婆意想不到的发言，让佐和子婆婆和千惠婆婆“咦？”了出来。我也皱起眉头，心想有这样的喔？可是万理婆婆不为所动，滔滔不绝地开始说：

“因为，最后只能选一个，我选不出来。要是和你们一起的话，不管哪一出戏、哪一个演员，要聊多少都能聊呀！我就选这个。”

而这时候，我总算明白了。带着笑容说话的万理婆婆的语气，以及佐和子婆婆与千惠婆婆望着万理婆婆的眼神。

“……既然是最后，这样最好。”

我静静地倒抽了一口气。倒抽了一口气，然后想，啊啊！原来万理婆婆的病情她们早就全都知道了。她们全都知道，而且全都接受了。

“……万理。”

听了万理婆婆的话，佐和子婆婆和千惠婆婆一起“哈哈哈”笑出来。选得好呀！万理真厉害，真是好主意。真的，大家一起聊，精彩的舞台回忆要多少有多少。我最后一天也要这样。对呀，那我也要……

万理婆婆也立刻加入两人的这番对话。那，就算是约好了哦！最后大家要聊歌舞伎聊个痛快。赞成！……不过，谁会最早迎接最后一天啊？……那当然是佐和子喽！你有糖尿病嘛。哎哟，什么嘛，万理自己还不是有癌症，而且还复发了。哼！这根本不算什么。反正老人家恶化得慢。好了好了，你们两个，要好好养生啊！少来了，千惠自以为自己多健康。就是嘛，我们都是同年的一丘之貉呀！

她们的直言不讳，震慑了我。难道对她们来说，生老病死都在幽默的范畴之内吗？

“……”

我想，少女的友情真的还蛮厉害的。以前在教室里远远看着的那群女生，也有这份坚强吗？如果是的话，那少女还真是不能小觑。我有一点点对她们另眼相看了。

那天晚上，万理婆婆独自来找我。我正要回房间的时候，被她在走廊上拦截了。

“我想给奏妹妹一点东西当纪念。”

说着，邀我到她的房间。

“来。你帮了我这么多忙，这个送你。也说不上谢礼啦。”

万理婆婆给我的，是歌舞伎的DVD BOX和歌舞伎座纪念品之一的歌舞伎脸谱手巾组。这些东西，真的很难算是谢礼。

“……啊，啊啊。谢谢。”

即使如此，对万理婆婆来说，这是她心爱的歌舞伎周边产品。想到她的心意，我就收下东西，向她道谢。

结果万理婆婆便针对她给我的DVD BOX热情开讲。

“这是日本的传统艺能，看了不会吃亏的。一定会对人生有所帮助。”

万理婆婆说得激动。我觉得很有趣，就说：

“……你真的很喜欢歌舞伎呢。”

万理婆婆一听，便给我一个得意的微笑。

“嗯，爱死了。再也没有这么深奥的艺能了。

歌舞伎是神明赐给我的喜悦，也是至高无上的幸福。是我最好的宝物。”

因为她说得太过自豪，我不由得点头同意。

“原、原来如此。”

万理婆婆的房间里，堆了好几个纸箱。应该是为了住院在整理行李吧。看了她房间里的样子，我心想，出发的日子就快到了。

这时候，桌上堆得高高的白色纸山映入我的眼帘。每一张纸都折成各种形状，宛如一座不可思议的艺术品。

“好漂亮喔，这个……”

我低声说，万理婆婆便顺着我的视线看过去，“啊啊”了一声，笑了。

“哦，那个啊，是我和佐和子跟千惠交换的信。”

“喔，这样子啊。”

每张纸都细心折成鹤、花、气球等形状。说到这儿，我想起帮万理婆婆和佐和子婆婆送信的时候，她们也是灵巧地把信纸折成各种花样。

不过，这量也太大了。这些人实在是，都已经讲了那么多话了，还不够吗？还是因为她们吵过无数次架，每次都写信和好？

我看到一直盯着那座小山的万理婆婆，像是光线耀眼般眯起眼睛说：

“我真幸福……”

“咦……？”

“能够认识歌舞伎这么美好的传统艺能……”

我对这句话报以小小的笑容。

“是神明赐给你的宝物，对吧？”

我一这么说，万理婆婆就笑着点头说：“对对对。”

“是啊，真的是我心爱的宝物。”

然后万理婆婆走到桌前，从堆积如山的信纸里拿起一只纸鹤。

“因为，多亏歌舞伎，我才能和佐和子跟千惠成为那么要好的朋友。”

“咦……”

她把纸鹤放在手心，继续说：

“我们呀，在一起迷了好多歌舞伎演员。”

“……是。”

“看同样的东西，去同样的地方，一起感动，一起欢笑。也曾经一起哭。”

“……是。”

“到了这个年纪还能交到这样的朋友，以前我连想都没想过。”

万理婆婆看向手心里的纸鹤，静静地微笑。

“因为我以前一直没有朋友。”

我脑海里顿时重现了不知何时的情景。她们聚在某个人的房间，一起看准备好的DVD什么的。还热烈讨论喜欢的见得的摆法、心爱的戏、喜爱的演员的八卦讨论个没完，然后又不断笑闹。

“我真的很高兴。”

没有留下结果却曾经灿烂，那是泡泡般的幸福时光。

“……长寿也不错哦？”

万理婆婆注视着我的脸，愉快地说。

“谁也不知道在最后的最后会遇到什么呀。”

她问我还有没有想要什么，我就学了怎么折信纸。我虽然没有写信的对象，但是我觉得能用这种方式寄信给别人很棒。

“奏妹妹……”

看我为信纸苦苦挣扎，万理婆婆露出明显惊讶的神情说：

“没想到你的手这么拙。”

“是……”

我自己也很意外。我一直以为自己是更聪明灵巧的那种人。没想到只不过是折个纸鹤就让我陷入苦战，让我觉得有点丢脸。

“可、可以再试一次吗？”

万理婆婆对硬是不肯认输的我笑了笑。

“好呀。要有耐心，慢慢来。”

“谢谢。”

然后，万理婆婆细心地折着信纸，加上这一句：

“长大也是一样的。”

“咦?”

“慢慢来，没关系。”

“啊……”

“因为奏妹妹好像很急的样子。”

在带着笑容的万理婆婆面前，我背上瞬间冒汗。我一直以为她们只是专业的少女，但显然姜是老的辣，什么都看穿了。

那天晚上，我学折纸鹤、纸花、纸星星学到很晚。

虽然叫我慢慢来没关系，万理婆婆的教法却令人崩溃得很。

周末，万理婆婆她们刻意打扮得花枝招展去看戏。

啊啊，我开始紧张了！要是视线和吉右卫门王子对上怎么办？佐和子，你老花太严重了吧？才没有！他真的跟我对看过！说到这儿，上次的舞台我也……真是的，连千惠都严重老花了。

万理婆婆她们一边忙着斗嘴，一边坐进了出租车。照她们这个样子，一定会把司机累坏吧。因为他会在小小的车厢里，一直遭到没营养的谈话轰炸。一想象到那个情况，我的心情就愉快了起来。

黑色的出租车开走了。左右两边的车窗伸出了又白又细的手臂。朝着这边摇啊摇地挥了挥手。

“我们走喽。”

风将她们的声音小小地吹来。即使离开了还是吵吵闹闹，不愧是暴走喧哗女郎。在她们的喧闹中，我感觉到泡泡般的幸福感。

我目送着越来越小的出租车，一面对走过来的遥婆婆说：

“……少女真是种坚强的生物啊。”

结果遥婆婆呵呵笑着点头。

“那当然喽，她们可是专业的少女呀。”

对于这句话，我也以“原来如此”表示同意。

长子婆婆的餐桌

就算分开了，我们也永远都是朋友哦！离开蔷薇人生那天，万理婆婆、佐和子婆婆和千惠婆婆手牵着手，互相说这些话说个没完。我会写信的。还有电话呢。要说再见，却不是再见。

那泪眼汪汪、依依不舍的模样，简直就像毕业典礼当天的女孩子。

“……好像青春电影喔。”

听我这么说，遥婆婆也含笑点头。

“嗯。好温暖好温暖的友情。”

这倒是真的。我在蔷薇人生落脚快两个月了。这段期间，万理婆婆她们友爱的情形，我真是看到不想再看。她们一起迷歌舞伎演员，一起热衷于偷拍田村。无论吃饭、洗澡、上厕所，都结伴同行。一看到海老王子就尖叫，一看到田村就娇羞得连耳根子都红了。她们就像中学女生一样，共享每一段时间。

“……像她们那样真好。”

我喃喃地说，遥婆婆便说声“是啊”，挺起胸膛。

“因为朋友是宝物啊。”

“是吗？”

“学校没教吗？”

“不知道呢。”

也不能乱放乱碰，打扫起来很费神。大澡堂的清扫也是，要是哪个地方没打扫干净害谁跌倒就麻烦了，所以被交代一定要仔细刷干净。厕所的清扫也一样。这样一天工作下来，够我累的了。

而且工作不是这样就结束了。体力劳动之后，还要脑力劳动。要听由佳小姐讲课，学习有人生急病时的紧急处置。当然，叫护士和照护服务员是最好的，但无法这么做时，要能够进行妥当的处置，所以我每周要接受好几次指导。多亏如此，像确保呼吸道畅通或心脏按摩之类的，我现在都可以立刻当场执行。

蔷薇人生的院民虽然没有人需要照护，但由佳小姐说我们还是必须学会照顾服务员的技能，所以她给了我考照顾服务员的课本，交代我把内容记住。

我投靠这里还不到两个月。从前总以为长大以后就不必考试念书了，可是我已经开始认为好像不见得了。

工作，就好像每天都要考试、念书一样。

掌握院民的病史和目前的健康状况，也是重要的工作之一。发生万一时的紧急处置，会因为知不知道这些而大不相同。

因此，我经常会被由佳小姐抽考。好比厕所打扫到一半的时候、好比床铺到一半的时候、好比在走廊拖地拖到一半的时候。由佳小姐会出其不意地问我：

“二〇三号房的加纳静香婆婆。”

被抽问到，我立刻回答：

“因为罹患糖尿病多年，目前正进行饮食、运动、胰岛素治疗。早餐时要确认是否已事先注射胰岛素。运动方面采用快走，但若形成鸡眼等伤口，可能会导致感染，所以要特别注意脚部的状况。”

“二〇六号房的野中砂子婆婆。”

“由于有心绞痛的症状，目前正接受药物疗法。同步进行高血压、高血脂症的治疗。发作时，要给予硝酸甘油舌下含片。若超过五分钟症状仍未获得改善，或重复发作时，就要立刻送医。”

我很会背书，所以能够答得很流利。幸好以前在学校有认真念书，这种用脑方式我很拿手。

“三〇一号室，长子玛莉亚强森婆婆。”

“有脑梗死的病史。现在血压也偏高，有复发的可能。要注意发作的前兆，例如无法直线前进，拿在手中的东西掉落，说话结巴等等。昏倒时，为确保呼吸要使其平卧。同时，尽可能不要移动……”

“错！”

“咦？”

“长子婆婆的话，正确答案是要用力摇晃。”

“……什么？”

可是，念书和工作最大的不同，大概就是工作不能只靠背书吧。在这里工作之后，我就深深感到这一点。因为，我答的明明是正确答案，却常常被判定为不正确。

“……怎么会呢？脑中风或脑梗死时，要是移动身体会使症状恶化，最严重还可能致死，要是摇晃的话……”

我这样反驳，由佳小姐却笑着回答：

“医生说，长子婆婆下次要是昏倒，很可能会留下麻痹的后遗症。所以她宣布说，既然这样，她要直接上天堂。她交代下次发作的话，要用力摇她。”

真没想到。真的要这样吗？长子婆婆。而且由佳小姐，这样你也同意？

“……那么，要是长子婆婆昏倒了，要摇晃她吗？”

我一问，由佳小姐就看着半空，“唔”了一声，双手交叉架在胸前。

“……该摇，还是不该摇，还真是个好问题。”

“那，正确答案是？”

“……真叫人烦恼啊。”

所以，到底要不要摇？

“我会摇喔。”

以笑容这么回答的，是遥婆婆。然后登纪子婆婆也附和般点头。

“我也是。因为，这才是长子婆婆的意愿。”

看样子，长子婆婆也向遥婆婆和登纪子婆婆说好自己发生万一时的处置了。

顺道一提，遥婆婆没有病史。现在的健康状况极为良好，是蔷薇人生首屈一指的健康优良老人。身体虽然纤瘦，骨质密度却很高。也许每天照料玫瑰的工作，是一项很好的运动吧。

另一方面，登纪子婆婆则曾罹患过胃癌。所幸早期发现，没有转移，手术预后十分良好。后来也没有复发的征兆，已经过了七年了。癌症术后五年没有复发就被视为痊愈，所以她的病可以说是治好了。只不过必须小心。要过规律的饮食生活，适度运动，戒烟戒酒，往后要多加留意健康。

可是登纪子婆婆却丝毫没有改变饮酒习惯的意思。号称已经从与男士们的恋爱毕业的登纪子婆婆，现在似乎将她的爱灌注在酒上。可能是因为这样吧，越是叫登纪子戒酒，她的酒量就越有增加的倾向。遥婆婆称之为罗密欧与朱丽叶现象。

“因为所谓的爱情，就是有障碍才更火热。”

爱情这个东西，真的很麻烦。

酒的爱人，登纪子婆婆，在喝了第七杯威士忌之后，口吐狂言：

“不做喜欢的事，缩头缩尾长命百岁有什么意思。”

然后喝起第八杯。

“长子也一样啊！所以我会负起责任摇长子的。”

就像这样。然后遥婆婆也一样，好像附和登纪子婆婆的意见似的点头。这边则是加水的梅酒第五杯。遥婆婆口出狂言的代价比登纪子婆婆便宜一些。

“倒下就走，也是一种人生。”

看样子果然是打算摇的。

公开宣称一发作就要摇晃她的长子婆婆，在其他方面也是自行其是。她本来就不和其他院民接近。和遥婆婆及登纪子婆婆见了面时会说几句话，但和其他的人就不行。而且还是利用她混血儿的外表装作不懂日语。她就是这样抗拒和别人沟通。

她的孤僻也发挥在早、中、晚用餐时。虽然也有其他挑食的院民，但程度完全不能与长子婆婆的相比。对菜色不满意的日子，她根本不会到餐厅来。

那么，她怎么吃饭呢？她自己做饭。自行采买食材，理所当然似的出现在厨房，开始做菜。然后就在那里吃完，悠然离去。

“因为长子婆婆就是爱吃肉。如果主餐吃鱼，光是这样就会让她不想去餐厅。”

厨师田村这么说。

“还有就是讨厌日本料理。好像是因为太清淡，吃了也不觉得有吃过。食物一定要分量大、味道重，这是长子婆婆的信条。”

我认为就是因为这样的饮食习惯，血压才降不下来，但田村对这方面似乎不以为意。

“吃东西这种事，还是吃自己喜欢吃的最好吧？谁也不知道一个人一辈子能吃多少顿饭，但总之，次数是有限的。到了长子婆婆这样的年纪，就更是如此了。所以随她爱怎么吃也没什么不好啊。无论如何都要吃喜欢吃的东西，长子婆婆这样的态度，我认为是很了不起的。”

这是达观，还是单纯的不负责任，我听不出来，但这就是田村的看法。

对于吃这件事展现了强烈坚持的长子婆婆，厨艺也是超群的。白酱就不用说了，红酒牛肉褐酱和果实类的酱汁也是三两下就做出来。

“这是门外汉偷工减料做成的料理，味道无论如何就是少了那么一点。”

长子婆婆这么说，但在我看来，怎么吃都是餐厅级的味道。而且是这附近没有的好餐厅。关于这一点，田村也持相同意见。

“比我做的菜好吃太多了。”

我和田村是长子婆婆的陪吃员。对田村，是作为提供厨房、调理器具和调味料的谢礼，对我，是作为从后山找食材的奖励——田村要我去找的后山食材，都是长子婆婆想要的，所以她请我们吃她做的菜。

“奏住在这里，我真的很高兴。”

以孤僻著称的长子婆婆，给他人正面评价的理由简单明了。

“自从奏从山里摘来果实，酱料种类就能做出很多变化。像上次的牛迭肚，就做出了非常好的酱汁。下次要再摘回来哦。”

提供食材的人。这些人对长子婆婆来说都是好人。

长子婆婆在蔷薇人生里不爱搭理人，但一到外面就一百八十度大转变，笑容大放送。

为的全都是向附近农家采买肉品和蔬菜。

“这一带的人全都是好人。”

抱着肉和蔬菜的长子婆婆，带着满足的笑容这么说着。她虽然不好相处，却也是个很好懂的人。

但是，长子婆婆坚持自己并没有那么单纯。

“我并不是因为人家给我食物就说他是好人。我只是信任那些靠自己的手种出、养出东西来过活的人。”

长子婆婆做好烤合鸭佐巧克力酱的主餐之后，这么说：

“当然，我说的不是农家啦、上班族啦、艺术家什么的这些职业上的差异。我只是觉得，应该要好好接触让自己活下去的食粮。因为我相信，这样的接触，会成为一个人的信念和骄傲。所以我很尊敬也很信任这些生活在接触之中的人。只是这样而已。”

对于长子婆婆的这番言说，田村点头说：“有道理。”我也点头表示同意。虽然我不明白是什么意思，还是先点头再说。因为没有什么事比在刚做好的料理前争论不休更令人扫兴的了。

看我和田村面露明白了的表情，长子婆婆以很好的感觉微微一笑，动手切了烤合鸭。

我们以此作为信号，合掌说声“开动”，吃起眼前的料理。

“……好、好吃！”

肉还含在嘴里没吞下去，我就忍不住出声了。

虽然很没规矩，但我实在没办法。每次吃长子婆婆的料理，我都会不由自主地这么做。想象的味道和实际味道的差距，总是令我大吃一惊。因为，巧克力酱竟然和甜点以外的料理这么合，不吃吃看真的不知道。

“……巧克力的甜和肉的咸，好配哦。巧克力和奶油混合起来的香味也好棒。长子婆婆，这个好好吃。”

我兴奋地说，长子婆婆呵呵笑了，扬起眉毛。

“巧克力酱有人喜欢有人不喜欢。既然奏这么想，那么这就是适合你的料理了。”

长子婆婆不相信别人的称赞。她是那种认为一切只不过是个人看法的个性。换句话说，一般而论对长子婆婆是不管用的。对长子婆婆而言，别人的意见不管是多数派还是少数派，都是分量相同的一种意见而已。

而正因为这样，长子婆婆相信每个人应该要独立思考，拥有自己的思想。

“法律和宪法也好，结婚、家庭和料理的味道也好，每个人都应该有他们自己的看法。”

持这番主张的长子婆婆，高唱不需要家庭的论调。当然，这是她个人的意见。

“这牵涉到适不适合的问题，但至少对我来说是不必要的。我认为人要自立，只要是能够自立的人，就不必拥有家庭这种共同体。”

要是让爸爸听到，一定会头痛得不得了，但我却不讨厌长子婆婆的意见。长子婆婆的话，对于想当一个独立小孩的我来说，是不小的鼓励。

“……嗯，还可以。”

长子婆婆拿合鸭蘸了含有大量奶油的巧克力酱，用叉子送进嘴里，发表意见。一想到其中所含的盐分、脂肪和卡路里，多少令人捏一把冷汗。长子婆婆不但有脑梗死的病史，现在血压也偏高，这种肉类料理可能对她的身体不好。若以健康为第一考虑，应该要吃着重养生的料理才对。

可是长子婆婆不会这么做。她会继续吃她喜欢的东西，爱吃多少就吃多少。

“长子婆婆的料理对老人家的身体很不好，可是却好吃极了。”

这是遥婆婆对长子婆婆料理的评价。我也持相同意见。

而且我也觉得，这和长子婆婆本人也有些相似之处。

一个晴朗的星期三下午，一阵明显不和谐的歌声使我不禁停下了脚步。他们唱的是《大地赞颂》。男低音和女低音微妙地走音，男高音则像是场外全垒打一样，走音走得很爽快，只有女高音的音是准的，其他声部也是半斤八两，也是准得很微妙。不过，《大地赞颂》对中学生本来就太难了。要求情绪不稳定的学生发出准确微妙的音阶，根本是强人所难。而且正在变声的男生应该也不少。

我一面想着，一面呆呆地望着传来歌声的校舍。公立岬中学。距离蔷薇人生走路约二十分钟，就在我前往club登纪子御用的酒店和蔬果店所在的铃兰商店街路上。

每一、三、五下午，我都会来回经过岬中学前。因为登纪子婆婆要我到商店去买柠檬、莱姆、综合零食。

《大地赞颂》大概是两星期前开始传出来的。其他还有《给我羽翼》啦，《化为千风》啦，《信——给十五岁的你》等等。大概是最近有合唱比赛吧。我以前上的中学是在秋天举办，不过这里的学校好像是六月。

说到这个，《大地赞颂》就是我们班的自选曲。级任老师劝大家说这首曲子对一年级来说很难，但有几个女同学坚持无论如何都想唱，于是就通过了。当然，练习困难到极点。唱主旋律的女高音还好，但男生负责的男低音和男高音走音走得离谱。女低音也不太稳。钢琴伴奏大哭说太难不会弹，指挥也举白旗投降，指挥棒不知丢了多少次。男生大多说我又没有投票选这首，始终维持撇清责任的态度。因为这样，女生和男生对立，尴尬的气氛充斥全班。即使如此，比赛的时候唱得还蛮像样的，班上同学高兴极了，甚至还有人哭了。从此之后，全班就还算团结。大概是萌生了共同克服困难的同伴意识吧。这是合唱比赛的正面效用。

我想起这些往事，心情变得有点奇特。才半年前的事，却觉得好像是好久以前。感觉很不可思议，简直就像在看旧毕业纪念册似的。

教室的白色窗帘被风吹得鼓起来。不见人影的操场上，只有一个孤零零的足球。空中传来的是不稳定的合唱歌声。天空好高。云飘得好快。

我蓦然地想，我来到好远的地方啊。我已经不在那片景色里了。忽然间，我感到强烈的疏离。好像被所有的一切抛弃了。为什么我会怀着这种心情站在这种地方呢？

我的手攀着围墙上的铁丝网，心不在焉地想着这件事时，没想到竟有人对我说话。

“喂！你的合唱练习呢？落跑？”

害我身子顿时缩起来。可能是因为我正在发呆，所以大吃一惊。或者身体早已把这当作是国中生的条件反射记起来了？

"啊……"

我慌张地转头，却没看到貌似老师的人物。

"咦?"

站在那里的，是一个身穿学生制服的少年。

"吓你的啦。"

他一看到我，就做了一个开玩笑的动作，笑着这么说。嘴里露出的牙齿，被晒得黝黑的肌肤衬得很白很好看。头发是漆黑的短发。显得意志坚强的眉毛。怎么说呢，有一种野性的味道。眼睛细细的，笑起来像初三的上弦月。额头上有一点一点的青春痘痕。我心想，是年轻人。

"那、那个……"

一这么想，我就退缩了。因为我好久没遇到年轻人，不知道该如何应对才好，所以不知所措。

但是少年当然不可能察觉我的心境，露出爽朗的笑容继续说：

"你的发色真不错。"

"咦?"

"怎么说啊，很酷。"

对于他唐突的发言，我内心感到纳闷，但仍露出礼貌的笑容。

"……哦，谢谢。"

然后少年看了看我的服装说：

“你是蔷薇人生的人吧？”

我的确是穿着黄色的马球衫和深蓝色的运动夹克。所以我努力保持冷静地回答：“……嗯，算是。”

接着他指着我胸前的别章说：

“你叫森山……秦？”

“奏，森山奏。”

“森山是职员吗？”

“……是，只是打工的。”

听到我这样回答，少年“哦”了一声，似乎是表示佩服。

“原来那里也雇用小孩子啊。”

我当然立即否认。

“我们不雇用小孩。”

“可是森山明明就是小孩啊。”

“我……已经二十岁了。”

“骗谁啊？森山怎么看都是国中生啊。”

我看着毫不留情的少年的运动服，“呜”的一声，把话吞下去。

“不过你那种发色，一下子不太能看出年龄就是了。不过只要仔细看脸就知道了。顶多也只跟我同年吧。”

少年领口别着校章。上面写着IIA，多半是二年级A班的学生吧。也就是说，他的推测是正确的。可是我可不能因为这样就承认。

“……我是娃娃脸，看起来年纪比较小……”

这答案很牵强，但他毫无恶意地加以忽视。

“学校呢？你逃学啊？”

“不是，我都说我不是小孩了……”

“你爸妈也都没意见喔？导师呢？全都不管？”

面对连珠炮般发问的少年，我支支吾吾的，心里一面想，最近的小孩都不听别人讲话的吗？爸妈是怎么教的啊？

这时，校舍那边传来一个像是老师的男性声音。

“你们两个！不用合唱练习吗？”

猛然一看，这次真的是一个穿着全套淡蓝色运动服、理平头的男老师，正朝这里快步走过来。

“惨了。”

才说完，少年就如脱兔般飞奔。我也飞也似的跟着拔腿就跑。冷静想想，我其实没有逃跑的必要，但我就是反射性地这么做了。

“站住！你们是几年级几班的？”

老师的声音从后面听得一清二楚。照这样听起来，他一定也是用跑追过来的。从那身浅蓝色运动服和平头发型推测，他很可能是体育老师。万事休矣。体育老师都是一些不懂得手下留情的人，只要学生跑，他们就会追到天涯海角。

“……呜！”

我身体前倾，腿抬高，双脚猛蹬柏油路。要是在这里被有常识的大人抓到，被查出身份还得了。也许是这个念头给了我仿佛置身火灾现场的爆发力，我在大马路上高速直线前进。一回过神来，我已超过少年，也把男老师的声音拉开了。

少年在那天傍晚出现在蔷薇人生。

我正在准备晚餐的配膳工作的时候，由佳小姐对我说：

“大厅来了一个男生说要找你。一个叫山崎和臣的男生。”

“山崎和臣？”

“不是你朋友吗？他说他把你刚才掉的东西送回来。”

“我掉的东西？”

我对名字和东西都没有印象，但还是到大厅去了，一看，下午的少年就在那里。他坐在昏暗的大厅沙发上，好像在看什么稀奇东西似的四处张望。

“……山崎和臣同学？”

我一叫，他就往我这边看，爽快地举起手来。然后就用那只举起来的手向我招手。

"抱歉，我现在不能动。"

一看，原来蒂奇坐在他腿上。蒂奇完全跟他腻在一起，连动都不想动的样子。没培根的话它根本就不会靠近我，所以我有点不服气。

"……有什么事吗？"

我一问，山崎就"啊"了一声说"对对对"，一面掏起长裤的口袋。我还在奇怪，他就从口袋里拿出了手机。

"啊——"

他拿出来的，是一部珍珠白的滑盖式手机。手机吊饰是车布拉希卡[①]的布偶。那是我的手机没错。

"那个……"

"嗯。是森山你刚才掉的。"

他露出雪白的牙齿说，然后直接把手机递给我。

"啊……谢谢。"

我一面行礼，一面接过手机。

然后他抚摸着在腿上的蒂奇回答：

"不客气。出错的时候本来就要互相帮助。"

蒂奇舒服地眯起眼睛，喉咙发出呼噜呼噜的声

① 车布拉希卡，Cheburashka，原为俄罗斯儿童文学作家艾杜瓦德·乌斯宾斯基(Eduard Uspensky)所创作的绘本中的主角。后来在日本拍成电视动画。

响。山崎也眯起眼睛，愉快地看着蒂奇。感觉简直就像两只猫腻在一起。我这样想着，面对这一人一猫。

“……”

山崎眼睛仍看着蒂奇，嘴里却说出令人意想不到的话。

“对了，森山。”

“……什么事？”

“不好意思，要问你一个很突然的问题。”

“噢……”

“你有男朋友吗？”

真的是很突然的问题。山崎仍继续抚摸蒂奇。

“……男朋友，是吗？”

我干吗要回答这种问题。我这么想着，不肯明白回答。拜托，看我这个样子也知道没有吧。还特地拿出来问，这是一种新的挖苦人的方法吗？

接着山崎说了更令人不解的话。

“如果没有的话，想问你一下。”

“……噢。”

“你觉得我怎么样？”

事出突然，我不由得惊叫。

“什……什么？什么意思……”

但山崎前后上下摸着蒂奇，若无其事地继

续说：

“唉，怎么说呢？看到刚才森山跑步的样子，我就想，你跑步的姿势真好。然后，森山跑步的样子就牢牢印在我眼底了，就是我会一直想到森山……”

这样根本没有解释啊。依旧让我觉得“你到底在说什么”，但山崎一下子又跳跃式地说：

“所以我想，我大概是喜欢上森山了。”

当然，我立刻大声说“没办法、不可能、莫名其妙”什么的，但是山崎对于我的惊慌失措不为所动，展现出意外的毅力。

“再说，我有一种感觉。我们会在那里遇到，森山的手机会掉，应该是一种缘分。”

“啊？缘分？”

“就是有缘啊。我和森山。”

“哪有？”

“比方说，我们同年……还有就是家庭环境都同样复杂……还有你鼓起勇气离家出走……啊！对了，我的离家出走还在计划阶段就是了。嗯，就是这样。所以我觉得我们有很多地方很像。”

“你……”

你怎么会知道这些？我正想说，山崎就抬头看我，以毫不内疚的笑脸招认：

“我看了。森山的手机。”

什么意思？那是世界上最要不得的事好不好！我心中这样大叫，而蒂奇完全不理我，打了一个大哈欠。山崎的眼睛笑成上弦月，看着打哈欠的蒂奇继续说：

“对了，原来你的头发不是染的啊。我还随口说酷，真对不起。我已经在反省了。因为我没想到那是压力造成的白发。”

我的天啊！这下子事情岂不是全都败露了吗？

不得将我的身份泄露给任何人——我以此为条件，答应和山崎交朋友。

“我们先当朋友培养友谊，感觉不错的话，再交往吧！”

山崎像个朗读校庆口号、以爽朗为卖点的学生会会长一样宣称。

所以我也就像其他大批学生一样，有口无心地先应声“是——”来应付。

以敷衍了事的态度来响应无可无不可的约定，是我的礼节也是处世之道。我可不会对一个擅自看别人手机底细的人有什么不错的感觉，但看在他愿意保守秘密的分上，装作是朋友倒也无所谓。

于是，山崎开始每天都到蔷薇人生来。

但是对于来到蔷薇人生的山崎，我一概不奉

陪。因为那个时间正是我最忙的时候。打扫工作、采买、晚餐配膳等等，要做的事多得不得了。

“……你会妨碍我工作，能不能请你回去?”

我曾一度用毫不客气的口吻对在我身后亦步亦趋的他这么说。但是山崎却毫不退却地这样回我：“你这一点真是令人敬佩。”

显然他这个人的神经不是普通的粗。意志坚强的粗眉看来不是白长的。不过，之后他就不再跟在我身后了。

“因为造成森山的困扰不是我的本意。”

他以一副老实正经的样子这么回答我，所以一时之间我还误会了，以为他不会再到蔷薇人生来。

但是，山崎和臣不愧是山崎和臣。之后他还是每天都来，不过开始积极亲近院民，而不是我。答应帮忙发电子邮件，加入缺人的麻将桌，帮忙设定计算机，自告奋勇帮蒂奇洗澡，很快就博得她们的欢心。

一旦变成这样，这里就是他的天下了。他大摇大摆地来到蔷薇人生，理所当然地待到我工作结束。

因为这样，不知不觉我们开始每天晚上都有一段交谈的时间。虽说是交谈，但都是山崎单方面跟我说学校的事、蔷薇人生发生的事而已。

“……你到底在想什么？”

我这么问，山崎理直气壮地回答：

“我想尽可能待在喜欢的女生身边。”

山崎的眼睛笔直地望着我。可是，那看似认真的眼睛，老实说，很假。

“还有就是……怎么说呢？这里的人很有趣。大家都和我以为的老人家完全不一样。光看就很好玩。”

我倒是觉得，他说这些话时变成上弦月的眼睛，可信多了。

山崎不仅博得婆婆们的欢心，和身为男性的田村也一下子就要好起来。不对，应该是因为他们都是男生，所以一下子就熟起来了。

他们两个都是成长于单亲妈妈家庭，因为这个共通点，他们会大谈自己的父亲有多糟。唉，我爸啊，好像是会发酒疯，所以我妈现在就已经给我下禁酒令了。我明明还未成年呢。我家这方面倒是还好。我老爸就是对女人很博爱，我每次交女朋友，都会遭到白眼，冷言冷语说反正你将来一定会抛弃我什么的。这一招实在让人受不了。呜哇，我可以想象！

“山崎有万人迷的素质。”

这是田村的感想。

“连我也完全被他收服了。在我们不注意的时候，大家都已经像疼孙子一样，疼爱山崎了呢。”

这是我不得不承认的现实。阿和，计算机不会动了，该怎么办呀？阿和，有人送我蛋糕，一起来吃吧！阿和，吃过晚饭再回去吧。就是啊，你妈妈很晚才会回去吧？就是嘛就是嘛，你就吃过饭再走吧。院民异口同声说这种话，宠着山崎。

而现在我只要看到这样的他，就觉得他好像猫。一只不怕人的野猫。不客气地进到人家家里，一副理所当然的样子四处溜达。逛腻了，就在别人身边蜷起来休息，也不管那是谁。遇到这种猫，任谁都会迷上。

“山崎来了真好。本来集中在奏妹妹身上的工作，可以稍微分摊一点。这样，你的身体和心情也可以轻松一点不是吗？”

由佳小姐这么对我说，我含糊地说“还好啦……”是啦，我的工作量的确减少了。

因为帮忙用手机打字传电子邮件、买嗜好品之类的事情，山崎都很自然地帮我做了。

无论拜托什么，山崎都愉快地答应。由佳小姐说，他这样的态度让人很舒服。可是，我才不会这样称赞他。因为他真的是以此为乐。和婆婆们聊天，也是因为他觉得有趣。简单地说，他是在玩。

可是，蔷薇人生的工作不是玩耍。因为山崎是只猫，所以这一点他根本分辨不出来。

一起办事，就清楚凸显出山崎的随便。

“这个可以吃吧？”

一发现树上结的红色果实，他就随口这么说，马上伸手就要去摘。看到他这样，我连忙制止。

“等等，不行啦！那个有毒！可能稍微碰一下就会肿起来……”

“真假？我已经摸下去了。”

“所以我不是叫你一定要先确认吗……”

长子婆婆要我到后山去采牛迭肚，我却一直被同行的山崎冒失的行动搞得紧张兮兮。

他在长子婆婆面前大吹牛皮，说什么他常常待在野外，很了解野生植物，等到真的要采却是这副德性，真叫人受不了。

“不过，森山，你认得好多果实啊。”

山崎以真心佩服的样子对我说。我半生气半惊讶地回答：

“一定要认得的好不好？这可是工作。我答应了长子婆婆，这就是我的工作。既然是工作，就不能出错，所以要好好记住。只是这样而已。”

对于我这番发言，山崎“哦”了一声，露出他的上弦月眼睛。

“森山好能干哦。”

“是山崎太随便了。”

“会吗?”

“就是会。你答应工作的时候有一半是出于玩玩的心态。”

听我说得有点严厉，他笑着回答：

“没关系啦。反正大家也不会把真正的工作交给小孩子做啊。”

就是他这种感觉让我不满。于是我比平常更强硬地说：

“我就是说你这种态度有问题。蔷薇人生可是老人院呢！大家年纪都很大了，身上都有种种病痛哦。照顾服务员和护理师这些人，随时都要有万全的准备，以便支持她们的生活。打工的我也一样。当然，山崎可能只是抱着来玩的心态而已，可是既然你答应了人家，就应该有所自觉。我不希望你用随随便便的心态和院民接触。”

听我说了这么一大串，山崎才终于露出稍微比较正经的表情。然后微微侧偏着头，喃喃地自言自语：

“……我有这么随便啊?”

“有。托你去买东西，一下忘了买砂子婆婆的自来水毛笔，一下忘了买志奈子婆婆的地瓜羊羹。

答应要帮瑞树婆婆设定计算机，却没弄就回家了，说要帮贵和子婆婆发电子邮件给孙子，也是拖到隔天……”

“我承认我是会忘东忘西的啦……可是今天忘记的，明天再做就好了，有必要这么生气吗？”

“那要是在第二天到来之前，那个人病倒了呢？”

“呃……”

“这里可是老人院。就算大家看起来很健康，但是她们的健康跟我们的健康是不一样的。这一点山崎你应该也知道吧？”

说完，我呼地喘了一大口气。觉得好像把这阵子积在心里的话全部都说出来了。而山崎则是“唔”了一声，皱起眉头之后，垂头丧气地低下了头。

“……对不起。以后我会注意的。”

“……”

他这么明显的沮丧，反而让我乱了阵脚。这样简直像是我在欺负山崎。所以我稍微缓和了语气，柔声回答：

“……你明白就好了。”

结果山崎立刻抬起头来，露出开朗的笑容说：

“这种感觉真不错。”

"什么？"

"像越吵感情越好的感觉。"

"啊？"

然后他丝毫没有内疚的样子，又发现了别的东西。

"啊，发现香菇。"

"香菇？"

"喏，那边的树根那里。"

说着，他快步走上斜坡。到了他说的那棵树前，开始摘长在那里的香菇。

"不行啦。春天的香菇可以吃的不多。"

"放心啦。我吃过这个。是隔壁叔叔摘来分给我们的。"

"……山崎的记忆不可靠。"

我立刻翻开手上的食用植物图鉴。可是，山崎却满口放心啦放心啦的，采了大部分的香菇。

"问问田村，他说不行再丢掉就好啦。"

"结果还是要靠别人……"

"有什么关系？人类就是要互相支持啊。"

比起什么感情越吵越好，我倒觉得是亲身体验了什么叫做对牛弹琴。

山崎采来的香菇，每一朵都是毒菇。

田村把香菇放在厨房桌上，做出了判断。

“这个很像春天的鸿禧菇，很容易弄错就是了。有很微妙的不同。因为我之前误食过，所以我认得。那时候是和村里的人一起吃菇蕈锅，才吃了两三口，但下场很惨。”

另一方面，我摘回来的果实，每一种都让长子婆婆很高兴。

“还有桑椹呢。真叫人高兴。这个我会做成果酱。谢谢。”

这就是踏实和随便的差别。

面对这样的结果，山崎似乎也稍微反省了一下。

“……我也来认一下好了。”

于是我悠然回答：

“很好。有备无患。”

还模仿了一下长子婆婆的口气。

可是，我就算有备，却也还是有患。我命中注定就是这种人。

我把照顾服务员的考试用课本拿给山崎，他的表情不是很好看。

“这也太厚了吧？森山，这些你真的都记得住吗？”

“记得住啊。”

对于我的回答，他长长叹了一口气，说：

“……在我们这个年纪离家出走，真是不容易啊。”

“一点也没错。山崎既然将来也有离家出走的意思，把这些学起来，搞不好在意想不到的地方可以派上用场哦。”

“……会吗？”

山崎不情不愿地应着，懒洋洋地打开了书。

这时候，蒂奇从走廊的另一边摇摇晃晃地走过来。

“啊，蒂奇。”

蒂奇喜欢亲近山崎，他张开双手叫蒂奇过来。

可是蒂奇却在有一小段距离的地方停下来。停住，“喵”地叫了一声。蒂奇叫，是相当难得的事，所以我们都觉得奇怪。

“蒂奇？”

“怎么了？”

然后蒂奇就一个转身，摇摇晃晃地朝来的方向折回去。

“……”

我和山崎面面相觑，彼此都皱起了眉头。

“……你不觉得奇怪吗？”

“……你也这么想？”

说完，我们就跟在蒂奇后面。

蒂奇好像发现我们跟着它，难得地加快了脚步。

蒂奇几乎可以说是跑步的速度，让我们心里产生了难以言喻的不安。蒂奇竟然敏捷地活动，简直是天地变异的前兆。

结果，我们的不安成真了。我们一转弯到通往厨房的走廊，就看到有人倒在那里。

“长……长子婆婆！”

倒在地上的是长子婆婆。她面朝下倒卧在走廊上，动也不动。

“长子婆婆！”

那一瞬间，我的脑海里浮现了长子婆婆的老毛病和病历。高血压，脑梗死。脑梗死复发的可能性很高。严重时，甚至可能致死——

“长子婆婆！你还好吗？”

山崎大叫着，朝长子婆婆的身体伸出了手。

我当下制止了他。

“等等！发生脑梗死时……”

我的话，让山崎停止了动作。他停住，抬头看我。他的眼睛在说：该怎么做？

“……发生脑梗死，剧烈搬动身体可能会造成症状恶化，必须要让患者维持原有的姿势……”

我说着，然后迟疑了。

“……让患者静卧……”

正确的做法是，让身体静卧，维持平躺的姿势。

可是，长子婆婆她……

“让她躺着就好吗？”

山崎大叫般问我。

“啊……”

我说不出话来。

长子婆婆的情况，好像要摇她才是对的？

“……那个……”

“森山？”

我不知道该怎么做才对。

应该摇晃长子婆婆吗？还是照课本写的，不要摇？长子婆婆的意愿呢？这种时候该怎么做才对……

“森山？怎么办？”

我不知道。

“森山？”

在大吼的山崎面前，我只是无言伫立着。我不知道。该怎么办才好？正确答案到底是哪一个？

这时候，背后传来一阵混乱的脚步声。

“长子！”

我一回头，见登纪子婆婆和遥婆婆正朝这边跑来。她们身后是蒂奇。原来是蒂奇把她们两人叫来的。

“啊……”

登纪子婆婆和遥婆婆跑到倒地的长子婆婆身边。她们的脸上满是震惊与焦急之色。我头一次看到她们两人这样的神情。这也是当然的，因为长子婆婆就倒在我们眼前。

“长子！”

“长子！”

接着两人在长子婆婆身旁蹲下，毫不犹豫地伸出了手。

“长子！你还好吗？”

她们伸出去的手，很干脆地将长子婆婆翻过来面朝上。长子婆婆的脸露了出来。脸色好难看，表情也因为痛苦而扭曲。无论怎么看，状况都很不妙。怎么办？要赶快叫照顾员，不，赶快叫医生！我心里正着急，只见登纪子婆婆和遥婆婆将手搭在长子婆婆肩上。然后，大声叫道：

“长子！振作点！长子！”

“回来呀！长子！长子！”

一边叫，一面用力摇晃长子婆婆的身体。

被送进医院的长子婆婆洗了胃。倒地的原因不是脑梗死，而是香菇中毒。

“我说过那是不能吃的菇蕈，可是长子婆婆好像还是拿来炒菜了。因为吃剩的还留在厨房里。”田村这样告诉我们。长子婆婆竟然吃了山崎采来的香菇。

“……是我大意了。”

长子婆婆在医院病床上打着点滴生气地说。登纪子婆婆和遥婆婆一脸受不了的样子，故意夸张地叹气。

“真是的，吓死人不偿命的……害我们以为又是脑梗死，急死了。”

“就是呀。我的寿命都被你吓掉几年了。”

一听这些话，长子婆婆定定地盯着她们两人，只提起一边嘴角，露出笑容。

“……你们两个，摇了喔。”

这句话，让登纪子婆婆和遥婆婆双双眨了眨眼。

“啊……”

“那是……”

“怎么说呢，事出突然……”

“对呀，我们太慌了……”

“可不是有什么恶意哦？”

“就是啊就是啊。只是一心一意……”

长子婆婆看了苦笑着说个不停的两人一眼，悠然说道：

“要是脑梗死的话，搞不好我已经死了。”

长子婆婆的说法，让登纪子婆婆和遥婆婆嘟起了嘴。

“没办法呀！遇到那种状况。”

“就是啊！我们可不是怀着杀意那么做的哦。”

然后三个人开始你一言我一语地斗起嘴来。

长子你自己不是说，要是倒了就要摇你的吗？说是说了，可我没想到你们会摇得那么果决。所以，我不是说了吗，事出突然啊。就是啊，我们是担心长子……可是，你们竟然那样摇我……什么嘛，结果长子你其实不想要人家摇你？我不是这个意思。那是什么意思？应该有体贴的摇法吧？我哪知道那种东西呀。反正，登纪子摇得真是粗鲁。对，我也有点这么认为。什么意思？摇还有一定的做法吗？也不是做法啦，不过应该要考虑一下气氛吧。这什么话？遥，你到底是站在哪一边？

只见她们愉快地，斗嘴斗个没完。

“……你干吗这么沮丧？”

在医院昏暗的候诊室里，我一个人呆呆地坐在长椅上，山崎跑来找我。

“没什么。”

我冷冷地回答，他就在我旁边一屁股坐下来，吐了一口长气说：

“那，你可不可以别沮丧了？这时候应该沮丧的是我。”

“为什么？”

“难道不是吗？长子婆婆是因为我采来的香菇才病倒的。”

“没错。说起来，都要怪山崎太随便，才会发生那种事。”

“没错。所以沮丧就由我来吧。要是森山陷入忧郁，那我不就站错了立场了吗？”

有道理。

可是，我还是很沮丧。无法控制地，一颗心充满了自己不中用的自责情绪。

“可是，我还是很沮丧。”

我说起这种孩子气的话，山崎竟以意想不到的沉着声音问我：

“所以啊，为什么？”

于是我回答了。

“我什么都不会。”

我努力挤出声音把话说出来了。

“我学了照护，也掌握了院民的健康状态，发生突发状况时的处理办法，由佳小姐也教了好几次……我以为我能处理的。我一心以为我那么用功，做了那么多准备，一定没问题的，所以才会向山崎说教。……可是，发生了那种状况，我却不知该如何是好。结果什么都没做。我觉得我好没用。好没用，好沮丧。”

话一句一句从我嘴里吐出来。连我自己都觉得讲这些话好丢脸。我本来没打算说这些的。都要怪山崎啦，谁叫他问我。

山崎听了我心里的话，低低“唔”了一声。然后平静地说：

“这个啊，怎么说呢。就是没办法吧？遇到那种状况，我想没有人会知道该怎么办的。长子婆婆自己也一样，平常说要摇她，可是我想真的到了那个时候，她自己也不知道自己会怎么想。这种事是没有正确答案的。所以，森山会僵住动不了，是当然的……”

我知道，他是在安慰我。

可是，我还是猛摇头。

“不是这样的。”

我怎么好像一个说不听的孩子啊。

“我不是在意那时候该怎么处理才是正确的。我只是觉得动不了的自己很没用。”

在膝上握紧的拳头，紧紧地抓住运动服的布料。

“我像个什么都不会的小孩子，只是怯怯地站在那里。好丢脸。”

候诊室里除了我们没有别人，声音特别响亮。

山崎默默地望着紧急指示灯的绿光。双手插在长裤口袋里。坐在长椅上双腿大大摊开。就这样沉默了一会儿。一下噘嘴，一下皱眉，一下把双手在胸前交叉，做了很多动作之后，才大剌剌地开口：

“没办法吧？我们也才只是十三岁的小鬼啊。”

边说边抬头看昏暗的天花板。

“我觉得，森山因为一直都跟大人在一起，所以有点变笨了。你太相信自己也是大人了。可是，我们还是小鬼头啊。不会的事比会的事多得多的小鬼头。所以啊，安心当我们的小孩就好了。因为将来就算我们不愿意，还是会变成大人的。”

然后，山崎忽然把手从口袋里抽出来，紧紧握住我的手。霎时间，聚在拳头上的力气松掉了。

“……”

这时候他又突然用搞笑的语气说：

“所以啊，就是那个嘛。森山需要同年代的朋友。”

我冷冷地回了这句话。

“朋友才不会握手。”

“我只是想说，这气氛不错啊。”

“好随便。”

“关于这一点，我承认。”

山崎毫不内疚地这么说，然后笑了。

所以我也一个不小心，笑了出来。

因为实在有点害羞啊。所以我用笑来掩饰。

山崎的话竟然让我觉得比较没那么难过，这种事把我的嘴撕裂我也不要说，而且也绝对、死都不想被他知道。

我一边笑，一边想起田村说过的话。山崎是万人迷。没想到就连我也好像有点被他打动了呢。

第二天早上，我在帮忙整理庭院的时候，由佳小姐对我说：

“我听说喽，奏妹妹。”

“什么事？”

“你和山崎在交往？”

“呃……”

“最近的孩子好早熟啊。”

“什……什么？你怎么会？”

一问之下，昨天晚上我和山崎说的话，已经在蔷薇人生造成话题。医院明明只有我和山崎、长子婆婆、遥婆婆和登纪子婆婆去而已。

“难……难道遥婆婆看见了？”

我这么一说，遥婆婆泰然自若地回答：

“是啊，躬逢其盛。”

“咦！真的吗？”

由佳小姐不顾我的张皇失措，呵呵笑着说：

“这里可是女人国，隔墙有耳，你可要好好记住了。”

当然，我立刻加以订正。

“那么，我要先声明。我和山崎只是普通朋友，不是那种关系。请立刻转告大家，以免误会。”

这些话，让遥婆婆睁圆了眼睛。

“哎呀，是这样吗？”

我对遥婆婆的反应感到不解。

“……这样有什么不对吗？”

结果遥婆婆砰的一声拍了我的肩，露出笑容。

“奏，你交到朋友了呢。”

听她这么一说，我也发现了。

“啊！”

苦熬十三年。看样子，我也有所谓的朋友了。

后来山崎还是每天都来蔷薇人生。最近迷上了帮忙整理庭院。

“我还以为这个庭院会很吓人，实际上一看，只觉得好漂亮。”

山崎站在玫瑰庭院里，说出他的感想。

我不明白他的意思，便问：

“吓人？有什么好吓人的？”

“没有啦，就是这个庭院啊。”

“所以是怎样？”

于是山崎不以为意地说：

“因为这个庭院里埋了尸体不是吗？”

这句话，让我“啊？”了一声，皱起眉头。

“……什么跟什么啊？”

“小学的时候流传的八卦。”

“八卦？”

“嗯，就只是八卦而已啦。”

风吹，枝响。

玫瑰今天也盛开着。宛如豁出性命，呕心沥血一般。

登纪子婆婆之父的葬礼

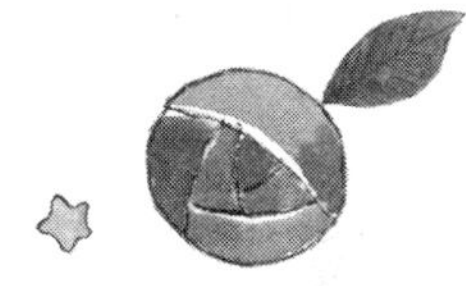

蔷薇人生的玫瑰庭院里埋了尸体。

当地孩子们之间流传的这则谣传，听说从山崎的母亲还是孩子的时候，便一直口耳相传下来了。

“怎么说呢，应该是因为这里的玫瑰气势太惊人了吧。”

对于山崎的这个说法，我说：“说得也是。”点头赞成。

朝天空伸展的枝叶，生出仿佛侵蚀空气般的绿意。绽放的玫瑰饱含光辉，在庭院中聚光，宛如小小的生命在那里不安分地蠢动。

正因为它们就像这样，太过美丽，才会有人散播出莫名其妙的谣言吧。

应该，就只是这样而已。

美丽的东西底下，隐藏着不美丽的东西。以前田村好像说过这句话，不过他一定只是在说笑的吧。

应该是。

长子婆婆因毒菇事件病倒的第二天，田村和由佳小姐吵翻了。

“差劲！真叫人不敢相信！”

事情发生在晚上的餐厅里。院民都已吃过饭，照顾服务员正在收拾善后时，两人发生了争吵。

“你说话啊！”

由佳小姐这么说，拿不知谁喝剩的半杯水朝着田村的脸泼过去。结果田村用手指拨开湿掉的刘海儿，小小叹了一口气，低头行了一礼。

“……对不起。”

“说声对不起就算了吗？”

“……是不能算了，可是对不起。”

“你这个叛徒！骗子！登徒子！”

“我道歉，对不起。”

对于不仅泼水，还一并奉送臭骂的由佳小姐，田村只是垂头丧气地说对不起。

“不要用对不起来敷衍我！”

“啊，嗯，你说得是。对不起。”

不知道是故意的还是不小心的，田村还是不断重复说对不起，看他这样，由佳小姐一副忍无可忍的样子，“乓”的一声往地上用力一跺。跺了这一脚，就这么跑出了餐厅。

田村则是“唉”地叹了一口气，用上衣袖子擦湿了的脸。

另一方面，目睹了这个意外场面的我，以及其他照顾服务员们，都停下了手边的工作，愣愣地站着。

这也难怪。田村和由佳小姐竟然会吵架，实在太令人意外，一时之间无法了解状况。

那两个人怎么会吵架？难道他们在一起吗？话说回来，就算真的在一起好了，他们是那种会在大庭广众之下吵架的人吗？尤其是由佳小姐。

我的脑子在刹那间不断地运转时，田村忽然朝我们转过来，像只被竹子枪打中的鸽子般惊愕地看着我们这些观众。

当然我们是默默地等着田村开口。这个状况，还是要由田村来收尾，这是当时餐厅里的民意。

在我们紧迫盯人的视线之下，田村缓缓嘿嘿一笑，耸耸肩。

“哎呀，伤脑筋伤脑筋。”

田村以一点都不像伤脑筋的笑容，搔了搔头。

“已经多少年没被女生泼水了，真令人怀念。”

不愧是田村。他显然对这样的场面游刃有余。

田村与由佳小姐吵架——应该是说，由佳小姐单方面地发脾气而已——原因出在长子婆婆。话虽如此，当然不是出于由佳小姐和长子婆婆两人争夺田村的三角关系，这种没来由想到就令人害怕的事。

原因是，田村发觉了长子婆婆的变化，却没有告诉由佳小姐，只是这样而已。

田村说，长子婆婆不久前开始变得非常健忘。好比会出现忘记料理的做法、手法生疏这类变化。

“不过，还只是这种程度的话，我也不怎么在意。可是，大概四个月前吧。长子婆婆在厨房吃过晚饭，过了两个小时，又来到厨房，开始准备做饭……”

我一面听，一面小小地倒抽一口气。因为我想到，这不就是痴呆老人会做的事吗？而当时田村的脑海里也闪过和我一样的想法。

“我是有点着急，心想这样是不是有点不妙。可是，我先假装若无其事，对长子婆婆说：‘长子婆婆，你这是第二顿晚餐哦。’结果长子婆婆也大吃一惊的样子，好像是对自己的行动很震惊。所以长子婆婆就对我说，要我把这件事保密。”

简单地说，是长子婆婆拜托田村，要他隐瞒自己健忘的征兆。而田村答应了她。

“长子婆婆难得看起来那么真切。而且被人家那样恳求，我实在也不知道该怎么拒绝。所以我就没说了……”

可是，长子婆婆的健忘却因为毒菇事件而败露了。因为由佳小姐在长子婆婆的房间里，帮忙准备住院用的换洗衣物时，发现了一张小抄。那张小抄上详细记录了一整天应该做的行动。

“由佳看到那张小抄，一下子就懂了……”

长子婆婆不希望别人发现自己的症状，便把自己应该采取的行动一条条写下来，每天再努力依照上面写的做。这一点倒是非常符合长子婆婆做事周到的个性。

“由佳以小抄为物证，向长子婆婆确认了一下。结果长子婆婆反而逼问她是不是田村跟她说的。”

如此这般，田村隐瞒长子婆婆健忘征兆的罪行就败露了。而接下来田村便遇上了刚才那一番狗血淋头的场面。

听完骚动的概要之后，遥婆婆对田村表示同情。

“田村明明没错啊。真是池鱼之殃啊。”

可是，田村却苦笑着说哪里。

“也难怪由佳小姐会生气。院民的情形应该要完整向照护经理报告的。”

“可是，你说了长子婆婆会骂你呀。”

“也许我是该骂。反正我这个人，已经习惯挨女人的骂了。”

听到他这番话，登纪子婆婆低低说了一句：“不愧是田村。”

“令人敬佩的好志气。怪不得被当头泼了水也不以为意。”

我们正在club登纪子喝着各自的饮料。

登纪子婆婆听说发生了骚动，半是好奇、半是鼓励成了落汤鸡的田村，招待我们到店里喝饮料。

登纪子婆婆这一番“不愧是田村”的发言，让田村露出了不好意思的笑容。

“没有啦，被泼个水不算什么。”

“嗯，说得也是。田村的话，应该也被人家拿菜刀抵住过吧。”

随着对话的趋势，我边啜着姜汁汽水边纳闷。登纪子婆婆，你在说什么呀？被泼水跟拿刀动枪，也未免差太多了。田村也带着笑容，对登纪子婆婆的话摇头。

“不不不，没有没有，没有菜刀这回事。”

就是说嘛。就算田村再怎么帅，也不至于……

“哎呀，这就奇怪了。照你的样子看起来，这种场面少说也经历过两三次啊。”

“没有没有，因为我交往的女生都不做菜的。”

咦？重点在这里吗？

“不过我曾经一觉醒来，枕头上插着冰钻就是了。”

天啊！田村。这岂不是比菜刀更像午间连续剧吗？

“我也知道，如果长子婆婆是失智症的话，应该要及早就医、及早展开治疗的……可是看到长子婆婆拼命想要隐瞒的样子，我又觉得蛮感动，蛮可爱的……就忍不住跟着她一起隐瞒了……”

约莫在喝掉第三瓶啤酒的时候，田村这样说。

结果，大概干了十杯威士忌的登纪子婆婆大摇其头，说他太傻。

“田村，你脑子有病吗？竟然觉得长子可爱——”

对登纪子婆婆来说，长子婆婆是不是得了失智症，其重要性远远比不上可爱与否这个问题。

因毒菇住院期间，长子婆婆好像是不情不愿地，承认自己最近很健忘，而且接受了失智症的检查。

出院后回到蔷薇人生的长子婆婆，很快就进厨房做了米兰风味的猪排料理，请我、登纪子婆婆、遥婆婆、田村和山崎吃。据说长子婆婆因为被难吃的医院伙食闷坏了，住院期间早就下定决心，回来第一件事就是做一顿好吃的。

吃着期盼已久的美食，长子婆婆将失智症检查时的情形娓娓道来。

“结果我还是不行了。接受检查之后，我真的认了。”

长子婆婆说，她是在接受医师问诊的时候确定了这一点。

“医师问了很多问题，可是有几题我答不出来。”

长子婆婆将蘸满了红酒小牛褐酱、热腾腾的猪排送进嘴里，却悲伤地继续说：

“一开始的问题是你叫什么名字啦，出生年月日啦，家人啦，这些不痛不痒的问题。我也就这样答完了。可是……”

说着，长子婆婆的眼睛忽然变得空虚。

“被问到还记不记得倒数第三个问题的答案的时候，我就愣住了。明明一两分钟之前才回答过的，我却忘得一干二净。接下来就一步比一步差了。一百减七，再减七是多少，这个问题我答不出来，连现在是哪一年也支支吾吾了……”

一听到这里，遥婆婆正色插嘴：

“可是，这种问题拿来问我，我一时也答不出来呀？上了年纪的人，任谁都没办法马上答得出来的。”

但是长子婆婆悲伤地摇摇头。

“不只是这样。”

“咦？”

“就连现在是什么季节，我都答不出来。”

霎时间，餐厅里咔锵咔锵作响的刀叉声静止了。

“……吓到了吧？我也吓到了。”

长子婆婆露出自嘲的微笑。我不知道该说什么才好，就先默默地咀嚼嘴里的猪排。沙、沙、沙。山崎也一脸不知所措，喝着杯子里的水。咕嘟、咕嘟、咕嘟。

这段短暂的沉默之后，长子婆婆又一脸没事人般开口了。

“不过，什么都答不出来实在气人，所以每个问题我都答了。”

长子婆婆一面把猪排往嘴里放，一面说出这几句话。我们当然是“嗯?”感到不解。

“答了是什么意思?”

“不是答不知道吗?”

当着满脸不解的登纪子婆婆和遥婆婆面前，长子婆婆得意地回答：

“不知道也照答呀。因为，不应声不是很怄吗?”

听下去，原来长子婆婆对医生的问题是这样回答的：

首先，让长子婆婆栽第一个跟头的问题。

(倒数第三个问题的回答是什么?)

明明因为想不出来而惊愕不已，长子婆婆却镇定地回答了。

“我个人主张不回头看过去。”

真是很有长子婆婆风格的回答。

接着是计算题。

（一百减七是多少？然后再减七……）

“我不欣赏喜欢算计的人。”

以精神论来反击数字。老奸巨猾至极。再来是年号。

（现在是哪一年？）

“大概是二千年左右？”

这个嘛，也没错。最后，是关于季节的问题。

（现在是什么季节？）

“……这个嘛，年轻人，难以言喻的好季节啊。”

真是充满深度的潇洒回答。

说完问诊的插曲之后，长子婆婆深深地叹了一口气。

“结果要过几天才会出来，可是我想大概是不行了。我还是得了失智……”

可是这句话被登纪子婆婆和遥婆婆的笑声打断了。

“长子，你能扯得出这些狗屁理由，脑筋够健康了。”

“就是啊！这么会强辩……”

可是这样，长子婆婆还是很气馁，意兴阑珊地咔锵咔锵切她的猪排。

“可是，很多事我都忘了。”

但登纪子婆婆却对此从容地付之一笑。

“那当然啦，我们活了那么久。记忆多少会有点破损的。”

“可是，以前我都没有这样。”

“哎哟，你脸皮还真厚。永远都想跟以前一样啊？”

“可是，这样还是很奇怪呀。”

“哎，有什么关系。奇怪的长子也不错呀！”

看样子登纪子婆婆是打算从容到底。

接下来长子婆婆和登纪子婆婆便在可是、那当然、哎呀中来来去去，遥婆婆也三不五时愉快地插上一句就是说啊，或是，别这样嘛。结果餐桌气氛还蛮热闹的，从主菜猪排到甜点烤布丁我们也都得以好好享用。

那天临走之际，山崎一副深受感动的样子低声说：

“……长子婆婆她们把沉重的话题说得好轻松啊。”

田村“哈哈”笑了两声，很干脆地回答：

“那当然了。因为她们的人生那么长，自然也很有分量。”

不仅问诊测验，就连MRI和MRA的检查结果，都诊断出长子婆婆是脑血管性失智症。换句话说，长子婆婆脑子里有血栓，或是梗塞之类的东西，而这些恐怕就是引起失智症症状的原因。

收到这个检查报告，长子婆婆主动说要改善生活。若脑内的血管障碍恶化，失智症也会跟着恶化。长子婆婆说这是她非避免不可的，所以宣称从饮食、睡眠，乃至运动，都会遵照医师的指示。

“好大的改变喔。长子婆婆本来是绝对不让步的那种类型。”

早上在整理庭院时，我发表了这样的感想，结果遥婆婆微微苦笑着回答：

“这是长子逼不得已的下下策。”

“……下下策？”

“是啊。因为要是症状恶化，就会联络家属了。长子说她再怎么样都不愿意。”

长子婆婆有一个住在美国的儿子。她和丈夫在很年轻的时候就离婚了，所以儿子可以说是唯一的家属。没人知道这个儿子和长子婆婆的关系如何。虽然不知道，但相处得不是很好是众所周知的事实。

因为，长子婆婆平常就高唱不需要家人的论调。忘了是哪一次了，她在喝酒的时候也说过：“因为我等于是抛弃了儿子，所以他大概很恨我吧。”那语气听不出是认真的还是开玩笑，但假如是感情亲密的家人，应该不会说这种话才对。

“是不想麻烦儿子的意思吗？”

我不解地问，而遥婆婆正为了修枝将玫瑰花大把剪下，一面回答：

“可能吧。但也可能是在那之前的问题。”

“……在那之前？”

“就算联络儿子了，也不知道儿子会不会回复呀。”

“咦……”

“也可能会不想管，想说反正都失智了，干脆装作不知道。”

以前，长子婆婆说过，家人是不需要的东西。一个自立的人，是不需要家人这种共同体的，那时候她是舔着沾在手指上的巧克力酱，高声发表这番言论的。

“……”

我心里茫然地想，可是一个人也不会因为这样，就真的放下，不在乎儿子吧。

“我没有孩子，不是很清楚。可是，自己失智的样子，无论是被孩子看到还是被孩子无视，对长子来说，或许都会相当痛苦。”

那当然了。对方可是自己历经千辛万苦才生下的独生子啊。

“原来……如此。”

起风了，玫瑰树梢发出沙沙声，随风摇曳。这阵子庭院的玫瑰花渐渐减少了。在炎热的夏天，花朵会减少。相对地，绿叶会变深变浓。朝天空伸展的枝叶茂密得像是要把蓝天遮住似的。

可是，下个月这些枝叶也都要修剪掉，以便为度过夏天做准备。剪去过度生长的枝叶，让根部积蓄能量。好让玫瑰在秋天再度绽放出美丽的花朵。

遥婆婆说玫瑰很棒。我也这么认为。因为因果报应分明。灌溉了爱情，就会以美丽的花朵回报。再也没有比这个世界更简单明了的了。

“……而且，忘记这件事，本身就是件悲哀的事吧。”

遥婆婆一面捡起掉落在地面的玫瑰花一面说：

“儿子的种种，曾经是丈夫的那个人的种种，朋友的、家人的种种，都会从记忆中一块一块缺失，所以……”

我将堆肥埋进土里，一面问：

“失智症会连那些都忘记啊？”

遥婆婆擦擦额头上的汗，点头说：“大概是吧。我想迟早都会忘记的。因为登纪子这么说过。”

“登纪子婆婆？”

“是啊。登纪子的双亲也是被诊断为失智症。”

“咦……”

“登纪子的双亲都住在这附近的特殊养护老人院，所以登纪子才决定住进我们蔷薇人生的。因为这里离特殊养护老人院开车只要十分钟。要去探望，距离刚好。”

“哦……”

我一面点头，一面想起之前登纪子婆婆说的话。整理老家的时候，从地板底下找出了好多梅酒。听到的时候，我还以为她的父母已经去世了，所以才会整理家里，可是看样子是我想错了。

“听说登纪子去探望，父母也都不认得她。”

遥婆婆擦过汗，手又直接伸向枝叶。

“有时候是被忘记，有时候是自己忘记。上了年纪的人是很忙的。”

我听着遥婆婆的话，莫名感到很有道理。难怪登纪子婆婆对长子婆婆的症状那么从容不迫。

山崎一边为躺在地板上的蒂奇刷毛，一边低低唔了一声。

“……这该说是煎熬还是酸楚，怎么说呢……”

长子婆婆的事、登纪子婆婆双亲的事，光是摆在我心里有点无法消化，于是我全都告诉了山崎。而这是他最先发表的感想。

“要是我妈忘了我，我一定会忧郁好一阵子吧。”

“我也是，要是爸爸忘了我，我大概连鼻毛都会变白吧。”

我的话，让山崎扑哧笑出来。蒂奇也与其呼应，懒洋洋地翻了个身。

“什么跟什么？你是说真的？”

“……嗯，还蛮认真的。”

和山崎说说笑笑，心情就会比较轻松。一轻松，就能顺势开开玩笑。这就是所谓的朋友的作用吗？

“因为森山有恋父情结嘛。”

“山崎自己还不是有恋母情结。”

“所以说，我们终究是天生一对啊。”

“为什么会变这样？”

“为什么不会变这样？”

山崎边说边把蒂奇乱糟糟的毛仔细梳开。我就在他旁边，看照护的书。这阵子，我发奋研读失智症。之前，要是我正在念书，旁边有山崎的话，我一定觉得他烦死了，最近却不再这么觉得了。可见我也在不知不觉中，能忍受山崎了。搞不好我们的友情其实已经挺深的了。

“不过，像我的话，要是我爸忘了我，我也无所谓。反正，他搞不好已经忘了。”

山崎半带着笑说。山崎经常不以为意地说起失踪的父亲。

“……因为我以前就叫自己把爸爸给忘了。”

但是我们不会因为这样就认为自己是特别的孩子。以前怎么样我不知道，但最近父母亲离婚、再婚也好，单亲家庭也好，都是很常见的家庭问题。要是每次都要为这种事情受伤、沮丧的话，根本当不了这年头的小孩。这是我们的共识。

即使如此，能够与之细谈自己家人的对象还是很有限的——这是山崎的看法。家人这两个字说来简单，但种类繁多，可是有很多人不了解种类繁多这个事实，这样的出入造成对话的隔阂，妨碍了顺畅的沟通。

所以，山崎说，和环境有某种程度相似的人说话，比较轻松愉快。好比和我，或者像我。好啦，坦白说，我是正好吻合这个条件。

关于这一点，我内心也是同意的。我跟山崎谈家人其实很容易开口。我想就像他以前说过的，我们有点像。

“人类真的是很麻烦啊。”

山崎难得说出厌世的话。

“像是记得、忘记什么的，要是能更随心所欲就好了。”

我瞥了这么说的山崎的侧面一眼，因为我想看看山崎是用什么表情说这种话的。

可是山崎还是一样，像猫咪般什么事都没有的表情，一直信手摸着蒂奇而已。

“对了，登纪子婆婆的爸妈几岁啊？”

“不知？不过登纪子婆婆都七十几了……所以应该超过九十了吧？”

听我这么回答，山崎望着远方喃喃地说：

“九十岁……九十年……”

然后叹了一大口气。

“好厉害喔。是我们人生的几倍啊。”

真的——我的视线落在书本上，心里也这么想。怎么说呢，他们活过的时间就已经像是历史课本了。

“而且还当登纪子婆婆的爸妈当了超过七十年呢？”

山崎佩服地说，有点惆怅地叹了一口气。

“被当了自己爸妈这么久的人忘记，登纪子婆婆是什么心情啊？”

解答山崎这个疑问的，是由佳小姐。

“被忘了，好像也不觉得怎么样哦。”

那天的club登纪子招牌没变，内容却变成了

club由佳。

“欢迎光临。请大家千万听我说一句，禁止饮酒过量。逗留时间也请控制在两小时之内。超过了有时候会伤身。”

站在吧台里的由佳小姐对前来的客人毫不客气地这么说，执行她不由分说的严谨营业风格。由佳小姐为登纪子婆婆当起老板娘，却显然不管登纪子婆婆的营业风格。

“没关系啊。又没有人投诉。”

由佳小姐一边对客人提出健康指导，一边笃定地这么说：

“登纪子婆婆也说这样很好，交给我全权处理。”

据说由佳小姐之前也好几次充当登纪子婆婆的代理，帮club登纪子开店。由佳小姐的严谨营业，据说颇受一些想挨几句骂的老绅士们喜爱。所谓大人的世界，还真是有一些不可思议的需求。

登纪子婆婆时不时无法开店，原因主要都是父亲的情况恶化。一接到特殊养护老人院的联络，登纪子婆婆就会立刻飞也似的赶到那边的老人院去。

顺道一提，所谓特殊养护老人院，是提供经判断需要照护的老人入住的老人福祉机构。登纪子婆婆的双亲都患有失智症，可能是因为这样才选择特殊养护老人院的吧。

“老伯伯的情况还好吗？”

我一问，由佳小姐便偏着头回答：

“不知道呢？应该不太好吧？这不知道是第几次病危通知了。据登纪子婆婆说，什么时候走都不奇怪。”

嘴里说危险，但由佳小姐的语气却听不出急迫感。多半是因为登纪子婆婆的父亲的年龄，以及登纪子婆婆早已做好心理准备的关系。

“登纪子婆婆的父亲已经九十九岁高龄，长年处于瘫痪的状态。意识也一直不清楚。可能是因为这样，登纪子婆婆也有了心理准备。看她能随口说出‘什么时候死都没关系’就知道了。”

据说，以前登纪子婆婆就和由佳小姐谈过自己的父亲。

“登纪子婆婆说，他是个可怜人。他是个公然宣称吃喝嫖赌是男人本色的人，因为造这么多孽才会长寿……”

“噢……”

“因为造太多孽，所以没办法在还有人会为他伤心的时候死掉。”

长寿是件可怜的事吗？我不太懂。蔷薇人生的人说的话，有时候对我而言简直是难懂到极点。

所以我都点头说原来如此，啜饮我的矿泉水。因为在club由佳里，老板娘以我喝酒不好看为由，严禁我喝酒。

“对了，由佳小姐，你和田村和好了吗?”

我换个话题发问，由佳小姐“哼”了一声，回答我：

“当然啊！我可是很明理的。”

由佳小姐一面说，一面往自己的杯子里倒白兰地。那酒看起来很贵。没想到由佳小姐的选择还挺大胆的。

“没发觉长子婆婆的变化，是因为我这个照护经理经验还不够老到。田村并没有错。我骂田村，纯粹是迁怒。假如要说田村有错，就是错在他给人一种就算别人把气出在他身上也会原谅别人的感觉。”

这个说法听不出来到底有没有在反省，但从后来进来的田村的样子看起来，两人之间是感觉不出有什么疙瘩的。

“由佳小姐，谢谢你的邀请。麻烦给我Hoppy。”

出现在club由佳的田村，愉快地在高脚凳上坐下，点了酒。

登纪子婆婆不在的期间，你爱喝多少都由我请客——据说由佳小姐是这样答应田村的，算是为前几天的事道歉。

明明有人请客，却点便宜的酒，田村就是这样。由佳小姐一面端出酒来，一面说着笑了。田村说，他喝不出贵的酒好喝在哪里，高高兴兴地喝起那种叫作Hoppy的酒。

由佳小姐答应请田村喝酒这件事，持续了蛮长一段时间，两人完全和好了。

可是，这同时也意味着登纪子婆婆有好长一段时间不在。换句话说，就是登纪子婆婆的父亲长久都处于病危状态。

登纪子婆婆会为了替换衣物和稍事休息而回到蔷薇人生，但很快就又匆匆前往特殊养护老人院。我们只能暂时在一旁看着登纪子婆婆。

"大概差不多了。"

长子婆婆在club由佳悄声说过这句话的第二天早上，一头乱发的登纪子婆婆揉着困倦的眼睛，出现在餐厅里。

"唉，这次好久啊。我家那个老爸真是的……"

一身疲劳困顿的登纪子婆婆这么说着，就一屁股在遥婆婆与长子婆婆用餐的餐桌旁坐了下来。

"连续三晚都说今晚是关键呢！明治时代出生的人，生命力强得令人受不了。"

说着，登纪子婆婆把长子婆婆喝到一半的西红柿汁一饮而尽。

“害我整个睡眠不足。”

嘴上虽然这么说，但登纪子婆婆的表情轻松开朗，因此我以为登纪子婆婆的父亲已经脱离危险状态了。可是，我错得离谱。

“不过，这样他总算走了。九十九岁的大往生。”

登纪子婆婆面带笑容这么说，遥婆婆这样回答：

“辛苦你了，登纪子。”

登纪子婆婆点头说：“是啊。”点完头，又一次微微笑了笑：

“今天是好日子，所以葬礼要明天办。”

遥婆婆又回答了登纪子婆婆的这句话：

“那真是太好了。明天的降雨概率是零呢。”

长子婆婆也笑着点头。

“要送伯父走，这样的天气最好不过了。”

然后她们三个人就好像在规划旅行般，愉快地谈起来。

就是啊，听说天气很不错呢。你们要不要也来玩？哎呀，可以吗？可以可以，反正是九十九岁的大往生，能送他的朋友早就先走了。葬礼便当我订了很好的，你们可以的话就来吧。哎呀，既然这样，那就去好了。嗯，来来来。好呀，枯木也是山中景[①]嘛。拜托，你这个比喻错了吧！有吗？有。至少我不是枯木。哎哟，不是吗？当然不是！

这群人真的是在谈葬礼吗？我真怀疑自己的耳朵。

“秦妹妹，方便的话你也来嘛。喏，也邀山崎少年一起来。”

登纪子婆婆这么对我说，让我更加怀疑我的耳朵。

我和山崎以“枯木也是山中景”的重要成员身份，参加登纪子婆婆父亲的葬礼。

“有年轻人在，场面会比较热闹。”

在葬礼会场所在的大楼停车场里，登纪子婆婆看到无事可做呆立在那里的我们这么说，但和我们比起来，登纪子婆婆她们华丽多了。到美容院梳过头的登纪子婆婆、遥婆婆、长子婆婆，分别穿着黑色的丧服，显得相当峭拔。

“真的连我也要列席吗？”

就连山崎也有些踌躇不前。可是登纪子婆婆没

① 原文：枯れ木も山の赈わい。意指，光秃秃的山，若能有几株枯萎的树，也能增添几分景色。比喻虽然没有很大的用处，但有总比没有好。类似于，没鱼虾也好。

有丝毫犹豫，大笑回答：

“没关系没关系。有很多曾孙因为有事没办法来。你们就当作是代替他们，混在亲戚里。啊！奏妹妹也是哦。”

如此这般，我们便踏进了故人佐藤时卫门先生的葬礼会场。在亲属休息室里，有几位老人家。

“哦，那是我哥哥、弟弟和妹妹。和他们在一起的，是他们的太太和先生……啊啊，哎哟，大嫂，好久不见。嗯，这是我的朋友……”

登纪子婆婆便像这样，简洁利落地将我们介绍给她的亲戚。

“不过，人到得好少啊。曾孙就算了，孙子呢？”

“因为事出突然，大家都说会晚到。”

“突然？爸不是昨天就走了吗？”

“如果是办在东京，要来就方便多了，在这边比较花时间吧。”

“千叶和东京比，坐电车也才两小时呀！”

“年轻人有他们的事要忙吧。”

一听之下，原来登纪子婆婆家本来是在东京的世田谷，儿子们也都住在东京。可是附近的老人院都满员了，好不容易才在千叶这块土地上找到有床位的特殊养护老人院。而登纪子婆婆便是为了双亲，才搬到蔷薇人生的。

“真是的。我本来想叫孙子们去帮忙带妈过来的。”

登纪子婆婆的这句话，让她的哥哥大吃一惊。

“要带妈来太费事了吧？妈又坐轮椅。”

“所以我才想要叫孙子帮忙啊。”

于是就连登纪子婆婆的弟弟也面有难色地说：

“何必带来呢？妈那个样子，反正什么也不知道了。”

对于哥哥和弟弟这样的意见，身为妹妹的一副无法接受的样子，立刻展开反驳：“哎哟，不知道也应该出席呀。爸走了啊！”

然后，这句话就像信号似的，让兄弟们立刻变了脸，七嘴八舌地吵起来。

另一方面，登纪子婆婆则是微睁着眼听兄弟们争吵。她一直眯着眼睛，好像这样他们的说话声听起来就会轻一点似的。

然后，等他们吵过一轮，她才开口：

“够了。我请这两个孩子帮忙带妈妈来。”

说完，登纪子婆婆一把抓起我和山崎的手。这两个孩子指的就是我们，山中景成员。

登纪子婆婆的母亲入住的特殊养护老人院，位于距离蔷薇人生开车北上十分钟的地方，大大地矗立在离海有些距离的森林地带边缘。那是一座四层楼的建筑物，停车场大得不得了。

“好像一间好——大的医院。”

我们走在浅绿色的走廊上，山崎发表了他的感想。

登纪子婆婆的母亲的房间，位于三楼边间。那是个两坪左右的整洁小房间，窗外可见低低的山陵绿意。

“妈，我们来接你了。”

一进房，登纪子婆婆就这么说，视线望向置于窗畔的床铺。登纪子婆婆的母亲就躺在那里。奶奶是个娇小的白发女子，和我之前想象的样子还蛮接近的。一想到这个人就是腌出三十年陈年梅酒的人，总觉得有点不可思议。

“……接我？”

奶奶以微弱的声音说。

“……轮到我要死了？”

登纪子婆婆对于她母亲搞笑般的发言不为所动，一下掀开母亲的棉被，迅速放下了床边的栅栏。

“好了好了，我们不是要接你去那边的。我是你女儿，因为爸爸走了，所以我们要去葬礼哦。”

登纪子边说边向我和山崎招手。

“山崎，轮椅麻烦你。奏妹妹，你能帮我把妈妈抱起来吗?”

我们接到指示，尽管笨手笨脚的，却各自依言办事。

令人意外的是，山崎一下子就把床边折叠起来的轮椅架好了。看样子我给他的照护书籍，他其实都在看。

我也抱起了登纪子婆婆的母亲。我只读过照护的书，和由佳小姐练习过而已，这是头一次实践，不过也好歹把奶奶的身体抬起来了。

“妈，先洗脸，再换衣服哦。”

听到登纪子婆婆的话，奶奶在我耳边小小说了一声，“不要。”看样子她不愿意。登纪子婆婆听到这小小一声的不要，就哼了一声对她说：

“怎么能不要呢？难道你想要穿成这样去参加葬礼吗?”

结果奶奶就把重心往床那边靠过去。

“我不——要去。”

看样子，她是打算躺回床上。

“……那个，她好像不愿意呢。”

我这么一说，登纪子婆婆就摇头。

“我妈以前就不喜欢出门。可是，今天是特别的日子。既然身体状况没有问题，我就要带她去。

来，奏妹妹，把她弄起来。”

“喔，好……”

我双手使力，撑起奶奶的上半身。奶奶的身体好像只剩皮包骨似的，细瘦得让人担心会不会折断。可是明明细瘦，只要重心一偏，就会重得令人感到不可思议。

“我不——要去。”

“怎么能不去呢？是爸爸的葬礼呢。”

“不——要。”

“曾经是你丈夫的人走了。死掉了。”

“我不——认识。”

“怎么会不认识？你知道你们结婚几十年了？”

“丈夫变成白痴了，我才不管。”

“不是白痴，只是痴呆了而已。”

“不——是。是变成白痴了。”

“听我说。妈，你自己也跟爸差不多哦？”

“不——要。”

先受不了这毫无进展的对话的，是登纪子婆婆。

“够了。奏妹妹，让她坐起来。”

“喔，好……”

我照登纪子婆婆的话，把奶奶的身体扶起来。

“唔……”

可是奶奶却顽强地抵抗。

“我要睡觉——”

奶奶将细瘦的身体倒向床的方向。身体明明那么瘦，却还是很重。这份重量感，是抵抗的分量吗？

“来，山崎也来帮忙。”

登纪子婆婆一叫，山崎也立刻将手搭在奶奶肩上。

“不——要。我才不管老公。我要睡——觉。”

对于奶奶的坚持，登纪子婆婆也毫不留情地回嘴：

“要不了多久妈就可以睡很——久很久了，今天就起来吧。”

“我要睡——”

“好好好，晚点再睡哦——永远睡着不起来哦——”

登纪子婆婆笑着，开始帮终于坐起来的奶奶梳头发。她的梳法好粗鲁，我都怀疑山崎帮蒂奇刷毛的时候都比她轻柔得多。

“……啊，那个，登纪子婆婆，梳头的事由我来吧。”

我忍不住这么说，登纪子婆婆说声：“太好了。”便把梳子交给我，自己开始翻抽屉。

“应该有黑色长裤，就帮她换上那件吧。山崎，不好意思，换衣服的时候要请你回避一下。”

被她这样交代，山崎说声“是”便匆匆走出房间。

本来不愿外出的奶奶，一坐上车又变了一个样。

“太阳公公，回到西边去。夜晚的明星，跑出来了。”

望着车窗上的街景，活泼地唱起歌来。

“这边亮，那边亮。”

我们坐的车是可载轮椅的复康的士，奶奶就坐在轮椅上，占了最后面的位子。登纪子婆婆则坐在副驾驶座。我和山崎则乖乖坐在中间的位子。

“哦！令堂真会唱歌。”

出租车司机客气地说。登纪子婆婆笑着说就是啊。我妈以前还参加过妈妈合唱团呢。

哇，这样啊。是啊。对了，司机先生，您是哪里人？晚上都去哪里小酌呢？登纪子婆婆一下子就展开她的club登纪子拉客谈话，山崎则是一面注意着后面的奶奶，一面小声向我耳语：“问你喔。奶奶真的不认得登纪子婆婆吗？”

“咦？”

“真的会连自己的女儿都不认得喔？”

登纪子婆婆的母亲愉快地看着窗外，继续唱歌。

“出来了，出来了，满天的星星。”

登纪子婆婆也和司机先生聊得正高兴。

我和山崎无事可做，只能面面相觑。

登纪子婆婆帮奶奶整理仪容的时候，一面说：

“我妈痴呆得很彻底，真的是谢天谢地。哪像我爸，真的让人应付不过来，那时候好惨。到处乱跑又到处乱骂人，脾气很差，所以要照顾他大小便也很难。第一个投降的是我嫂嫂，让他进了特殊养护老人院。最后连那边也投降了。脑子坏得很快，身子却勇健得很，每晚大吼大叫，动手打人。真的是完全拿他没辙。”

于是我忍不住地发问了。因为我很好奇，要是连特殊养护老人院都投降，究竟会变成什么样子？

结果登纪子婆婆以平板生硬的声音说：

“换到医院去了。精神科医院。”

“精神科？”

“嗯。请医院照顾了一阵子，医院说稳定下来了，就送回特殊养护老人院。那时候，我爸整个人变得很乖，变得只需要照护而已。意识不清楚了，身体也不怎么能动了。”

这几句话，让我和山崎悄悄倒抽一口气。

“送进医院，是我签的字。所以，如果说是住院提早了爸爸的死期，那也可以说是我害的。”

我不知道该怎么回答，只好默默地为奶奶穿上袜子。山崎也学我，帮奶奶穿上另一只脚的袜子。

“可是，我是觉得，早死这件事虽然很残酷，但死不了也很残酷。那时候，我就是这么想的。”

这时候奶奶望着远方，小声说：

“就这么想啊——就这么想了。”

听到她的话，登纪子婆婆笑了，叹了一口气。

“我妈虽然忘了很多事情，可是她痴呆得很温和，真叫人松了一口气。”

我觉得那双眼睛虽然在笑，可是看起来又很悲伤，是我想太多吗？

“我的事情，她早就忘得一干二净了。可是只要想到我爸，就觉得这根本就不算什么。”

一回到葬礼会场，亲人休息室里多了好多人。看来是登纪子所说的孙子和曾孙们总算到了。

我推着轮椅，带奶奶进房间，房间便到处都有人叫。奶奶！哇，看起来很有精神啊！

脸色也很好呢。奶奶认得我吗？奶奶，我呢？我呢？

奶奶可能是被人声吓到了吧，脸上又有点不高兴的样子，低着头不说话。

看到奶奶这个样子，孙子们便露出悲伤的神情。“爷爷走了，奶奶想必很伤心吧？”“就是啊，走的是一辈子的老伴啊。奶奶一定很难过。”

可是，奶奶却不顾孙子们的这番想象，又开始念念有词：

“……我要回——去。”

“又来了……”

登纪子婆婆露出不耐烦的表情，朝桌子看了一眼。那里摆了一些作为茶点的糯米糖糕。看到糯米糖糕，登纪子婆婆显然稍微松了一口气，拿了糖糕塞给奶奶。

“这个给你，你要忍耐哦——”

“这——个？”

“这是糯米糖糕呀。妈很喜欢的，对吧？”

“喜欢呀——”

“葬礼很快就要开始了。”

“葬礼？”

“对。你丈夫的葬礼。”

“丈夫变成白痴了，我不理他。”

“不管变成什么样子，死了就要办葬礼，这是规矩。”

“我要睡——觉。”

“这里没地方让你躺啊。再等一下就好，忍耐一下。”

“这里是哪里？”

“葬礼会场啊。因为爸爸走了。”

“谁啊？”

“你的丈夫，知道了吗？我们要好好送他最后一程，好不好？”

被登纪子婆婆打了回票，奶奶显得很不高兴，卡沙卡沙地打开了手里的糯米糖糕的包装纸。然后依然一副不情不愿的样子，咬了一口糖糕。一咬，就咳出声来，噎住了。

我们连忙搓奶奶的背。

“啊啊！谁来帮个忙，茶！茶！”

我们连忙给奶奶喝茶，让她把糕吞下去。

“这种干干的点心，对老人家是很危险的。”

我这么说，但登纪子婆婆耸耸肩。

“可是，我妈妈喜欢啊。不给她一点她喜欢的东西，她就坐不住，会再吵起来。我会把茶也准备好的，帮我看好她哦。我去跟大家打声招呼……”

说着，登纪子婆婆将奶奶交给我和山崎，走进了人群里。

“不——要。”

奶奶低声这么说，一面又把糕送到嘴边。这次为了防止噎住，只咬了小小一口。看样子，好像懂得从经验中学习。嘴里嚼着东西，无聊地看着自己的儿孙们。

“奶奶是不是不太想来啊？”

我这么说，山崎也微微点头。

“可能吧。好像也不知道现在是什么状况。”

然后我们呆呆地望着登纪子婆婆加入的人群。

“葬礼这种事，给人一种不可思议的感觉。”

“嗯，是啊。”

在那里的人们，或多或少都有相似之处。这就叫作血缘吗？我觉得好不可思议。

葬礼随后便举行了。

我和山崎跟遥婆婆及长子婆婆一起，在一般宾客席中就座，参加了葬礼。当然，登纪子婆婆和奶奶是在亲属席。

和尚诵经期间，奶奶也一副无法集中精神的样子，不是伸手去摸附近的花，就是拿放在膝上的糕来吃，无拘无束地坐在轮椅上。

台上铺满了白色的菊花，正中央挂着佐藤时卫门先生的遗照。照片中的时卫门先生露出快活的笑容。眼睛部分和登纪子婆婆很像，年轻时一定是个英俊少年郎吧。从登纪子婆婆年老之后的风韵犹存就可以想象了。

与会者没有人流泪。不禁让我心想，九十九岁的葬礼可能就是这样吧。会场的气氛不是为死亡悲伤，而是赞颂长久的人生。好长寿啊。能活这么久，一定了无遗憾吧。我听到有人低声这样说。

看着葬礼的样子，我想起登纪子婆婆说的那些话。“因为造了太多孽，所以没能死在有人会为他的死伤心的时候”。

我想，她说的的确也有道理。可是如果是这样的话，那么长寿究竟是怎么一回事？

当我茫然地这么想着的时候，开始为死者拈香了。登纪子婆婆推着轮椅，将奶奶送到拈香台前。

“来，妈，拈香。”

登纪子婆婆这么说，但奶奶只是瞪着台子一直看。看着看着，头略略偏了。

“妈，快点……”

“快点做什么？”

“妈，这是你丈夫的葬礼。快一点，不然后面有人在等。”

“葬礼？”

“对。你丈夫的，葬礼。”

“丈夫？”

说着，奶奶的视线移向台上的遗照。

“丈……夫？”

白色菊花中，黑白的佐藤时卫门先生露出了豁达开朗的笑容。

“老公？”

奶奶的声音低低响起。

下一秒钟，奶奶膝上的糯米糖糕便滚落在地。本来深深沉坐在轮椅里的奶奶，身子忽然用力往前倾。

“……老公？”

奶奶不解地望着遗照，微微偏着头苦思。

想了一会儿，小声喃喃地说：

“……你走了？”

这句话好像变成了引线，奶奶朝着台上的遗照大喊：

“老公！”

她细瘦的手伸向拈香台。

“老公，老公！”

她悲戚的叫声，让在场的人说不出话来。

“老公……老公……老公……”

奶奶眼中满是泪水。

她一个人流下了没有人流的泪。

“……老公……”

死者没有回应。

“……老公……”

即使如此，奶奶依然不断叫着故人，叫了

好久。

多亏奶奶的泪水，出席的人个个异口同声地说这是场好葬礼。但奶奶则是一回到自己的位子上，马上又无法集中精神，伸手去摸附近的花，或者向坐在旁边的登纪子婆婆吵着要回去。

在回程的出租车里，遥婆婆说：

“今天真是场好葬礼。”

长子婆婆也点头同意。

“是啊。让我长了见识。”

也不知是不是在听我们的这番对话，只听奶奶在车后愉快地唱着歌。

“天快亮了。当东方变白……”

膝上是没吃完的糯米糖糕。

“那边的星星，消失了。这边的星星，消失了。”

一直愉快地望着窗外的夕阳。

“只剩下一颗，破晓的晨星。”

当天晚上，club登纪子悄悄临时营业，私下招待我和山崎。

“谢谢你们。要不是你们，我一定没办法带母亲去参加葬礼。真的，很感谢你们。”

然后登纪子婆婆为我们拿出那种梅酒。

“来，这是谢礼。我母亲腌的三十年陈年梅

酒。腌这个的时候，她还没痴呆，话多得让人嫌吵呢。人哪，将来会变成什么样子，谁也不知道。”

登纪子婆婆一面将酒拿出来，一面愉快地这么说。

“不过，葬礼上那个状况，到底是怎么样呢？我妈是不是多少还记得我爸呀？或者那是她一生一次的大痴呆呢？”

登纪子婆婆打趣地说，山崎却好像有什么想法似的，问：

“奶奶真的忘了登纪子婆婆和家人了吗？”

“天晓得？不过我想应该是忘了。我就不用说了，看到我兄弟，感觉也像是不认得，不管谁来探望，她通常都是一副不知所以然的样子。”

说完，登纪子婆婆耸耸肩，笑了。

“唉，没办法呀，老了就是这样。”

然后登纪子婆婆拿着长柄勺舀起茶褐色的梅酒，也倒进自己的酒杯里。

“就算她忘了，反正我还记得。”

我们喝着同样的酒，登纪子婆婆静静地继续说：

“而且我也不讨厌现在的妈妈。”

那双眼睛的确是在笑，可是看起来却很悲伤，真的是我自己想太多了吗？

“……那个，登纪子婆婆。”

说着，我掏掏口袋。然后，拿出指尖摸到的小包裹。那是一个白色的小包裹。葬礼会场的茶点，糯米糖糕。

“这个，请收下。”

我拿出那块糕给登纪子婆婆，她露出不解的表情。

“这是什么？怎么啦？”

也难怪。从口袋里拿出糯米糖糕，的确有点令人费解。于是，我很笨拙地解释：

“这个，是登纪子婆婆的母亲给的。”

“我妈？”

“是的。葬礼前在休息室里给我的。就是登纪子婆婆和亲戚聊天的时候。”

“这样啊。”

“是的。所以，请收下。”

听了我的话，登纪子婆婆笑着回答：

“可是，这是给奏妹妹的呀？”

“其实，不是的。”

“咦？”

“因为奶奶叫我小纪。”

我的话，让登纪子婆婆脸上的笑容顿时消失。

“我妈这么说？”

“是的。她说小纪也吃一个，就给了我。”

于是，登纪子婆婆轻轻拿起我手心里的糯米糖糕。拿在手上，微微笑了笑。

“妈真是的，把奏妹妹当作是我了。”

“嗯，大概是吧。”

看着点头的我，登纪子婆婆一副真没办法的样子，耸了耸肩。

“真是的，妈就是冒冒失失的。从以前就是这样。”

“是吗?”

“就是啊。真叫人头痛。”

登纪子婆婆又微微笑了笑，看着手中的糕。

“可是，妈记得我的名字了。……妈还记得我的名字。”

一面说，登纪子婆婆一面打开糯米糖糕的包装，咬了一口。

“……不过，我很讨厌糯米糖糕。”

登纪子婆婆皱起眉头，吐了舌头。然后吸了一下鼻子，又再咬了一口糕。

“……啊啊，好甜。好难吃啊。”

虽然边吃边抱怨，登纪子婆婆还是把糕放进嘴里。

“……真的，好难吃。”

当登纪子婆婆这样颤抖着声音，边说边吃，山崎竟然开口了：

“那个，登纪子婆婆。”

然后他也猛掏口袋，拿出糯米糖糕说：

“奶奶也给了我！”

“嘿……”

“奶奶说这个给小纪……”

“啊……”

不用说，我对于山崎这个莫名的举止，惊讶得张大了嘴。现在时机不对好不好？山崎和臣。

可是登纪子婆婆却接受了山崎的行动，“扑哈”放声笑了出来。

“真是的，在搞什么呀！妈妈竟然也把山崎误以为是我？”

“啊……嗯，大概吧。”

“讨厌啦。只要是小孩子，每个都看成我吗？这么随便……”

“呃，我也觉得很奇怪就是了。因为她一直小纪、小纪地叫我……”

“对不起呀，我妈真是的……”登纪子边笑边拭泪。

“啊啊，做事都不稍微想一想的。她从以前就是这样。”

看着这样笑着的登纪子婆婆，我心想，也许山崎是算好时机才这么做的也不一定。搞不好他很有这方面的天分。

“今天真的是一场很好的葬礼。”

喝完杯子里的梅酒，登纪子婆婆淡淡微笑着这么说。

紧接着，登纪子婆婆空酒杯里的冰，发出一声小小的“咔啷”。那声音，好像是谁在回应什么。

离开club登纪子，路上山崎忽然低声冒出一句：

“父母再怎么样，都还是父母啊。”

我也低声回答：

“好像是呢。”

蔷薇人生夜晚的走廊上，鸦雀无声。唯有我们的影子，拉得好长好长。

——海的那一端，开始出现积云了。夏天就要来了啊。我一边感觉着额际冒出的汗水，一边这么想。

在高温中，我和山崎仍穿着长袖长裤，戴着手套护目镜，加上帽子、口罩的重装备，站在玫瑰庭院里。我们即将在遥婆婆的指导下，在庭院里喷洒杀虫剂。因为庭院的一角发现了大量三节叶蜂的幼虫。

“为了驱除幼虫和虫卵，要请你们喷洒杀虫

剂。因为范围很大，你们千万要特别小心，不要把药给吸进去了。”

“是！”

三节叶蜂的幼虫密密麻麻地贴在玫瑰叶子的背面，蠕动着并啃掉叶子。被产了卵的茎会留下又黑又大的伤痕。

“要是茎被产卵了，可以砍掉没关系。为了阻止被害扩大，这也是不得已的。”遥婆婆也和我们一样，一身重装备拿着杀虫剂走出玫瑰庭院。那样子像极了航天员。

“我从玄关那边开始，森山负责大门那边。门那边通风很好，比较不会吸到药。”山崎对我说了这番很有绅士风度的话。我也乐于遵从。

“谢啦！那我过去了。”于是我就这样钻过了大门，开始向茂密地生长到蔷薇人生外侧的玫瑰枝叶喷洒药剂。

这时候，视野的边缘出现了一个熟悉的女人身影。我心里想着怎么可能，但仍朝她看过去。

可是，这种事真的不可能会发生的。她不可能会在这里的。我在这里的事，应该没人知道才对。

然而，她就站在路的另一边。虽然戴着大大的太阳眼镜，但我还是一眼就认出来了。

“……妈妈。”

我不禁低声叫了出来，杀虫剂瓶从我手上滑落。掉落在马路上的瓶子，啵啵啵地倒出了白色的液体。我大为震惊，但她不予理会，大步大步往我这里过来。然后在我面前站定，摘下太阳眼镜说：

“让我找得好辛苦呀，奏。”

她还是和以前一样，黑眼圈好严重。不知道是睡眠不足，还是身体本来就一直不好，或者是两者皆有？

“我们毕竟是母女呀。”

忽然说出、做出唐突的事，是妈妈一直以来的坏毛病。

“妈妈在少女的时候，也常常想要离家出走呢。”

天好蓝。玫瑰的绿意也越来越浓。

“所以奏想逃走的心情，妈妈很能理解。”

对，妈妈一直以来的坏毛病。

就是会说出一些唐突的话。

遥婆婆的玫瑰

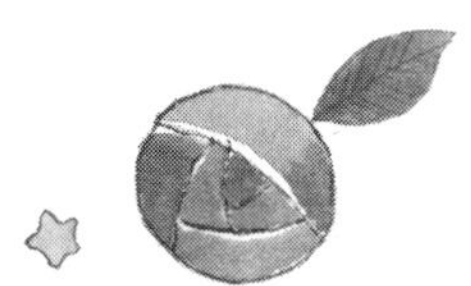

妈妈开着看似新车的VOLVO，沿着海岸的马路行驶。就妈妈选的车而言，引擎声算是中规中矩的。带着海潮味的风灌进了敞开的车窗。我按住乱飞的白发，乖乖坐在前座。

妈妈是上周发现我离家出走的。原因竟然是之前的班导写明信片给妈妈。

“好善良的一张明信片。你的导师很担心你。也许一部分是因为白发的关系吧。像你这样的孩子，无论如何都会让老师留下深刻的印象。”

收到明信片的妈妈，立刻向爸爸联络。

“我打家用电话，是新太太接的。所以我就用假声问了：‘请问奏同学在吗?’结果她就说，奏搬到镰仓去了。所以我一下就明白了，啊啊，这孩子真是的，成功地离家出走了。老实说，妈妈还真有点佩服。”

佩服归佩服，却不忘请侦探来找我，这就是妈妈难以捉摸的地方。

离家出走被发现，当然是一大打击，但没有让爸爸知道，这一点我还是感谢妈妈的。

我这次离家出走，是为了爸爸和纱纪子的幸福。要是让他们知道了，我过去的苦心就真的都白费了。唯有这一点，我无论如何都想避免。

妈妈看到防风林旁有树荫，就把车停下来。引擎声一消失，寂静便降临。当然，是有沙沙的海浪声，但我觉得那声音反而比较接近宁静。

“我们到外面说话吧。”

妈妈这么说，然后下了车。妈妈不喜欢和人一起长时间待在小空间里。我也跟着妈妈下了车，站在妈妈身旁。两年没见的妈妈，却还是比我高。明明是女人，却有一百七十厘米高。我想就算我长大成人，应该也不会有她这么大个儿吧。

可能是因为这样，妈妈不管什么时候见到我，都不会对我说，你长高了呢。应该是几乎没有察觉到我的成长吧。不过，她就是这种人。

我们隔着防波堤看海。积云感觉比刚才厚重得多。树荫的颜色也相当浓。柏油路好像吸了不少热，脚底慢慢热起来。在这当中，妈妈开口了：

“离家出走结束了。到妈妈这里来。”

在逼人的闷热之中，一滴汗也没流的妈妈这么说。

“我们一起住吧。”

这是意想不到的提议。

“与其待在这里，跟妈妈在一起还比较自然、正常。”

妈妈说得很肯定。提议本身的内容也十分正常。找到离家出走后谎报年龄在老人院住下来工作的女儿，绝大多数的母亲都会这么说吧。

可是，说这些话的是妈妈，才让我觉得不太对劲。因为妈妈这个人，是离正常有点距离的那种人。她所说的自然和正常，会让我觉得实在是不自然又异常。

“为什么？妈妈怎么会这么说？”

所以我忍不住问了。于是妈妈理所当然般回答：

“因为这个设施怪怪的。”

这回答才真是怪怪的。在这种场合，做母亲的回答，比较恰当的应该是“怎么能丢下离家出走的女儿呢”之类的，但妈妈的重点依旧和别人不一样。

然后她像唱歌般继续将她的重点说下去：“这家老人院很奇怪。成立也好、经营状态也好、存在意义也好，都和正常的福祉设施差很多。太偏离现实了。”

我心里暗想，轮得到这一生都偏离现实的你来说吗？一个没有常识的人，搬出常识来说大道理，真滑稽。

“你不应该待在这里。”

即使如此，妈妈仍以相当严肃的神情，极其笃定地说：

"最好早点离开。这是为了你好。"

潮骚沙沙响起。一瞬间，我的脑海好像电视的雪花屏幕一样花掉了。

"妈妈怎么会这么说?"

我重复了和刚才一模一样的话。于是，妈妈也照模照样，重复了一遍：

"……因为这个地方怪怪的。"

妈妈这个人，就是不会替对话找出口。

再继续对话下去，只怕会陷入无限循环，所以我回答："我知道了，我会考虑的。"

当然，实际上什么都没搞清楚，但装作明白了的样子，是我的礼节也是处世之道。

"说谎离家出走的事，我要向妈妈道歉。可是，再过不久就要放暑假了，至少夏天这段期间，妈妈可不可以宽限一下？就当作我去暑期打工了。这段期间，我会做好离开设施的准备的。"

对于我的说明，妈妈考虑了一会儿，点头说："那好吧。"然后留下一句"要是发生什么事，马上跟我联络"，就坐进了VOLVO。

对开走的车，我好歹还是挥了挥手，然后小小叹了一口气。

"……终于被发现了啊。"

我自言自语，然后仰望天空。天空仍一如往

常，像是把蓝色颜料调开一样那么蓝。白色的积云把蓝色衬托得更蓝。无论我处于什么样的状况，那里仍有不变的淡定。

“啊——怎么办呢？”

我就这样望着海与天的时候，旁边的防风林突然蹦出一个人。

我吃了一惊，瞪大了眼睛。

“咦？”

但是蹦出来的那个人，却坦然对我举起了手。

“……嗨，你好。”

“田、村。”

我一叫他的名字，田村便“嘿嘿”笑了两声说：

“我没有偷听的意思。只是，我在那边的树荫下脱冲浪服，奏妹妹你们就来了，可是我当时那个样子，实在很难走出来。所以，怎么说呢，我不是有意的……”

我接着他的话，半开玩笑地问：

“不是有意的，却从头到尾都听到了？”

于是田村耸耸肩说：

“这个嘛，怎么说呢。差不多就是这样吧。”

不知是因为被他知道的震惊，还是纯粹只是中暑，我顿时感到微微晕眩。

“我其实嘴很紧的，你放心。”

我离家出走的事，妈妈来到蔷薇人生的事，妈妈一再说蔷薇人生这家设施怪怪的事。

这些田村答应我他全部都会保密。

“每个人都会有想要隐瞒的苦衷。”

田村说了这么通情达理的话，砰砰轻拍了我的肩。

“我看田村是个深不可测的人。”

听我说明了这一连串的经过，山崎首先发表了这样的感想。

“长子婆婆健忘的事也好，森山这次的事也好，要说是心胸宽大还是城府很深呢？是纯粹的随便还是无事主义……”

我也点头说：“你说得对。”他明知道被由佳小姐知道了一定又会挨骂，但不知是因为心胸宽大还是人太好、学不乖还是健忘，真是个摸不透的人。

“搞不好，他知道很多别人的秘密。”

对山崎半开玩笑的发言，我淡淡一笑回答说：“怎么可能？”但心里也暗想这想法搞不好很准。田村这个人，有太多难以捉摸的地方了。

“不过，先别管田村了。你的逃家地点被你母亲发现，这样不是很糟吗？接下来森山打算怎么做呢？”

山崎一面拿刷子刷着大浴室的地板，一面问我。我则是拿着棕刷刷着墙回答：

“要怎么做，我是一点头绪都没有。”

庭院里的杀虫剂我们已经喷洒完毕，开始清扫的工作。山崎代替因妈妈来访而开溜的我，帮我洒了药。遥婆婆高兴得脸都泛红了，还称赞他的努力和能干。不过，也可能纯粹是因为天气热而已。

“可是，我觉得有点奇怪。”

我伸手刷着高处这么说，于是山崎停下他手上的刷子问我：

“奇怪？哪里奇怪？”

“我妈。不过，她本来就是个怪人。”

“……怎么说？”

我对一脸讶异的山崎解释了刚才的突兀感。

“我妈妈啊，是个主观意识很强的人，不管社会上怎么认为、和一般论差多远，只要她认为没关系的，她就不会管那么多。”

好比说，我的头发开始掺杂白发的时候，妈妈也丝毫不为所动。爸爸和纱纪子吓坏了，忙着调查我压力的来源，可是妈妈却悠然自得地，发表了一些无关紧要的感想，说什么原来白发和黑发混在一起，真的看起来是灰色的呢。而我，对妈妈这样的反应，其实也不怎么讨厌。不如说，我还觉得稍微松了一口气。

“我觉得我妈妈竟然会那么强调不能待在这里，一定有她的理由……”

“那个理由她没有明说吗？”

“这个哦……她只跟我说，这家老人院无论成立也好、经营状态也好、存在意义也好，都和正常的福祉设施差很多……不过，具体的理由她什么都没说……”

听了我的话，山崎“唔”了一声，双手交叉架在胸前。

“来调查调查吧？”

“调查？”

“我去向我妈和本地人打听打听。像是蔷薇人生的历史啦，成立的经过之类的。本地人应该会蛮清楚的。”

“真的吗？”

“嗯。所以，森山，你要装作不经意地，去向由佳小姐或遥婆婆问问这里的经营状况。把这两点搞清楚，应该就能看出所谓的存在意义了吧。”

“有道理。”

“我们只要用我们查出来的理由，证明是森山的妈妈搞错就好了。这样搞不好森山就可以一直待在这里。”

“啊……”

“……不过，就算没办法一直，至少也可以待久一点。也许可以吧？所以我们就好好调查吧！”

山崎露出愉快的笑容说。说完，又开始用力地刷起地板。因为他坐着刷，所以从我站的地方可以清楚看见他头上的发旋。那是一个很漂亮的左旋。

看着那个小小的左旋发旋，我产生了一种不可思议的心情。我觉得其实比我略高一点的他，像个小小孩。

小时候就和父亲分开的山崎曾经随口说过，他讨厌和人分开。他说，本来在身边的人突然不见了，让他觉得挺难受的。可是，我茫然地想着，我总有一天也会从山崎身边消失的。在这里相遇，就代表了会有那样的结果。

刷子刷着地板发出的沙沙声，不断地在浴室里响起。那声音慢慢地渗进了我拿着棕刷的指尖。

工作后的会议结束后，我决定向由佳小姐问问看。

“那个，由佳小姐。我有个问题想要请教。”

“什么问题？”

我要问的，当然是关于蔷薇人生的经营状况。但是该怎么问才恰当呢？我虽然事先也想过，但最后还是想不出什么好借口，所以我决定单刀直入地问。这种事情，就要豁出去，一球定胜负。

“我们这里赚钱吗？”

听到这老实而且不客气的问题，由佳小姐停下正在排班表的手，皱起眉头看我。

“干吗？想要求加薪？”

“不是啦。只是有点好奇。”

“你这个打工的，怎么会对这种事好奇？”

“不是啦，我想了很多，像是能不能长久工作下去什么的。”

我含含糊糊地解释，由佳小姐“哼”了一声，回答：

“我告诉你，不管到哪家老人院去，薪水都差不了多少。当然啦，大概没什么地方比我们更低了，可是相对的，工作内容也更辛苦。把这一点考虑进去的话，这里的工作环境还算是很不错的。因为劳动内容和薪水是成正比的。就照顾服务员来说，可以说是很难得的例子。”

由佳小姐先告诉我的，不是经营状态而是薪资水平。不过，其中已经包含了明显的提示了。

“其他的地方工作内容和薪水不符吗？”

“该说是不符吗？这个嘛，辛苦是一定的啦。因为他们的院民和这里的不一样，几乎都是需要照护的。”

“也就是说，像我们这样的老人院很少？”

由佳小姐对我的问题深深点头。

“处于健康状态却想进老人院的人，在日本还不怎么多。保险制度又不适用，所以有些地方甚至入不敷出。我们的老板是因为还经营了很多别的公司，所以可以填补亏损。要是没有这样的母体，风险很大，要继续发展下去是很辛苦的。”

“……这样啊。”

看样子妈妈所说的，大致上并没有错。蔷薇人生和其他的福祉设施的存在方式，果然有些不同。

山崎的调查结果让这个事实更加明确。

“蔷薇人生，是这里的老板所拥有的公司中，唯一出现赤字的一家公司。”

结果开始针对蔷薇人生展开调查的山崎，很快就打听到经营状况了。

“这种老人院，如果入住费不高，好像就不会有盈余，可是蔷薇人生没那么贵。因为有老板经营的其他公司协助，才能够继续经营，要不是这样的话，一下就倒了。这是我朋友的哥哥说的。”

然后山崎又提起那个谣传：

“这里的庭院里埋着尸体，这我以前不是跟你说过吗？记得吗？”

我点头说：“当然。”那么奇特的事，当然不可能很快就忘记。

“那个谣传一直没有消失，好像就跟她们的经营状况有关。”

山崎的这句话，让我“啊”了一声，感到不解。我一时之间无法理解他说的意思，一些不熟悉的单字在脑子里混在一起。其他公司、倒闭、谣传、尸体、经营状况。这些都无法好好串在一起。

可是山崎却淡淡地说下去：

“继续经营赤字连连的老人院，为的就是继续隐瞒庭院里的尸体。”

他那双眼睛，像猫似的变圆了：

“这就是这家设施的存在意义。”

德永家代代都是医生，亲戚里出了很多政治家、实业家，也就是所谓的名门。遥婆婆与熏婆婆的父亲也是地方上的名士，本业虽是医生，也多方参与企业、商业设施的招商等等，总之，是个以能干著称的人。

他自己的医院也不断扩大，指望将来由女儿熏婆婆或女婿继承家业。

然而熏婆婆却没有嫁给父母亲决定的对象，而是和一个落魄的画家形同私奔般结婚了。做父亲的当然大为震怒，下令与熏婆婆断绝关系。从此之后，熏婆婆再也没有回娘家去了。

于是，德永家的继承人就只剩下熏婆婆的妹妹，遥婆婆。当然，做父亲的也为遥婆婆安排了好几次与医生的相亲。但是，由于有熏婆婆的前例，不敢再拿出强硬的态度，而是尽量尊重遥婆婆的意愿。结果，遥婆婆没有和任何人结婚，直到今日。

而德永家的庭院开始种植玫瑰，据说是三十多年前的事。最初只种了一点点的玫瑰，随着时间一年一年过去，玫瑰也越来越多，不知不觉便增加到惊人的数量，几乎将整座庭院淹没。

“听说我妈还是小孩子的时候，庭院里就有玫瑰了。那个谣传也是……当时玫瑰好像还蛮稀奇的，我妈也说她印象很深刻呢。”

那些玫瑰一定让很多孩子觉得恐怖吧。过度的美，就是会令人产生这种感觉。也许就是因为这样，才会有那个谣传的产生。山崎也持同样的意见。

“这里的玫瑰的确满有魄力的。让人有阴气逼人的感觉。甚至有人说，就是因为有尸体当养分，花才会开成这样。”

关于埋在地下的尸体，有几种说法。好比为了隐瞒手术失败，便将患者的遗体埋起来；或是掩埋因实验用药而误杀的人的遗体；医生将失误赖在护理师身上，护理师含恨自杀，惊慌的医师将遗体埋起来等等。总之，全都是与医院有关的故事。

“不过，医院本来就是容易出现这些恐怖传闻啊。”

这些与蔷薇人生的庭院相关的谣传，虽然曾经一度沉寂，但近几年又死灰复燃，被传得好像真的一样。

“上一代死了之后，一直疏离娘家的熏婆婆电光石火地回来，把医院改建为老人院。可是，庭院却没去碰不是吗？所以当地人都说，简直像是为了守住庭院，才把医院改建成老人院。而且老人院的经营状况一直不怎么好，又增加了这个谣传的可信度……”

山崎的说明，让我想起庭院的玫瑰。眼底浮现在那座庭院里忙着照料玫瑰的遥婆婆的身影。

“他们说，经营不符成本的老人院是借口，为的是把尸体继续藏在庭院里。”

遥婆婆每天都站在玫瑰庭院里。无论是阳光普照的日子，还是刮风下雨的日子，她都一定会在庭院里察看玫瑰的情形。有如鞭笞细瘦年老的身体般的吃力工作，她也照做不误。她的精心照料，看来的确是超越了纯粹喜爱玫瑰的程度。可是，总不能因为这样，就说是为了隐藏尸体。

“咳，就是个谣传嘛。”

山崎这么说，我叹气般应了一声："说得也是。"

"……谣传。嗯，谣传嘛。"

接连听到一些意想不到的事，我的脑袋一片混乱。

可能是注意到我的情形，山崎以鼓励的口吻说：

"别一脸苦相嘛。我会再调查的。去向老人家请教请教，搞不好可以问个水落石出。最后可能只是笑说，这种事根本就是小孩子乱编的。"

山崎努力装出笑脸，我也笑着再一次回答他："说得也是。"因为我觉得不能白费山崎的用心。可是我脑子里却忽然出现田村的那些话。

美丽的东西底下，隐藏着不美丽的东西，这种事不是很多吗？

我一直以为，长大以后就没有暑假了。爸爸和纱纪子都这么说。他们说，漫长的暑假，是孩子的特权。

可是，蔷薇人生却随着夏天的来临，开始酝酿出暑假的气氛。首先，院民的人数大为减少。去国外旅游的，去国内的别墅度假的，回到家人身边的，意外地多。

顺带一提，长子婆婆就率先到美国去了。长子婆婆的儿子知道了她的症状后来接她，问她愿不愿意到美国看看，顺便旅行。长子婆婆的儿子脸上有长子婆婆的影子，不过五官更西洋，是个结实高壮的男性。一问之下，原来他的父亲是美国人。

“我儿子现在住在纽约。我好久没去大都会博物馆了，正想去那里看看透纳[①]的画，所以就决定去了。”

长子婆婆这么说，但看起来十分高兴。带着大行李，和儿子一起离开大厅时，脚步像个小女孩般雀跃。

目送着这样的长子婆婆，登纪子婆婆笑了笑说：

“人生真是不可思议啊。被抛弃的儿子竟然回来捡妈妈。”

遥婆婆也以看着耀眼的东西般的笑脸点头：

“长子婆婆也说过。本来丢掉的东西，有时候还是会回过头来救自己的呢。”

“以祸福而言，算是福吧。”

“本来就是祸兮福所倚，福兮祸所伏啊。”

遥婆婆说出谚语，淡淡微笑。

对了，登纪子婆婆翌日也回赤坂去了。说是夏

① Joseph Mallord William Turner，一七七五至一八五一年，英国浪漫派风景画家。

天这段期间会一直待在那里。

“以前在我店里工作的女孩子们，现在都是开店的老板娘了。可是，老板娘也会想要放暑假呀！所以休假期间，就由我来代班。今年我爸不在了，妈妈的状况也很稳定，所以我想离开一阵子应该没关系。”

也许这是登纪子婆婆自己的服丧模式吧。

“算一算，我总共接了四家店呢。所以今年夏天恐怕会空前忙碌。”

蔷薇人生的院民变少了，当然照顾服务员也去放暑假了，设施里的每个地方都安静得不得了。就连蒂奇嗒嗒走路的脚步声也显得格外响亮。

即使如此，留在设施里的人们，还是在这份宁静中过着一如往常的生活。像遥婆婆，对夏天的这种情况早就习以为常，没什么特别的感觉，理所当然般地依旧每天早上站在庭院里料理玫瑰。

喷药的效果非常好，将三节叶蜂的虫害减到最小。

“可能是药生效了吧，也没看到其他的害虫。真是太好了。”

遥婆婆拿起身旁的玫瑰枝叶，满面笑容地这么说。

庭院里几乎看不到花了。春季到初夏的盛开期已经结束了。话虽如此，庭院的工作并没有减少。在天气渐热的这个季节，杂草也会增加，黑点病和灰霉病等病虫害的风险也会增加。这次虽然先驱除了三节叶蜂，但害虫发生的季节依然会紧接着来临。玫瑰每天都需要人们的照顾，任何小小的变化都不能疏忽。

“到了八月就必须剪枝。还要施基肥。为了让玫瑰度过酷暑，在秋天又开出美丽的花朵，这些工作是不能省的。再来就是防热和防台风了。在根部铺上腐叶土，这是为了避免地面的温度急剧上升和土壤流失的必要工作。虽然没有花了，夏天一样是个忙碌的季节，而且是忙得令人晕头转向。”

说这些话的遥婆婆看起来愉快极了。对于即将来临的忙碌，她丝毫不以为苦，热心地拔杂草、剪枯叶。她那个样子，甚至像是由衷期待忙碌的夏天来临。

可是，意想不到的不幸却袭击了遥婆婆。某天清晨，正当她一如往常做着庭院工作时，她忽然昏倒了。惊慌的我直接用手机叫了救护车。结果，医生对被送进医院的遥婆婆下的诊断是：住院。

但是遥婆婆立刻回答：

“不要。”

尽管已经喘不过气来，她还是清清楚楚笃定

地说：

“我不要……住院。”

由佳小姐重新向戴着呼吸机、躺在个人病房床上的遥婆婆说明病情。为的是说服遥婆婆住院。

“医生的诊断是肥厚性心肌症。目前没有生命危险。但遗憾的是，这不是小病。医生说，希望你暂时住院接受药物治疗……”

但遥婆婆却立刻打断这番说明。

“我很健康。”

她如此断言，摘下了呼吸机。

“春天健康检查的时候，也没有发现任何异常，而且我平常就比别人加倍注意健康。我不知道什么心肌症不心肌症的，但应该不是什么大病。所以我不住院。”

遥婆婆难得以顽固的神情说。她会这么说的理由很明显。

“别的不说，我要是住院了，玫瑰谁来照顾？”

遥婆婆是为了庭院的玫瑰才不愿住院的。

当然，由佳小姐半威胁地凶她：

“不好好治疗，很可能会更恶化哦？”

但她是白费力气。遥婆婆不为所动。

“不会有事的。别看我这样，我的身体是很硬朗的。”

听她这么说，由佳小姐显得有些烦躁，继续劝她：

“就是因为有事了，才会变成现在这个样子。在担心庭院的玫瑰之前，请先担心你自己的身体。”

然而遥婆婆却一步也不肯让。

“这件事没得商量。因为庭院的玫瑰就等于是我的性命。”

于是由佳小姐似乎忍无可忍，说了：

“……既然这样，请考虑一下发生万一的状况。”

“万一？”

“是的。要是发生了万一，你就真的不能照顾玫瑰了哦？”

换句话说，由佳小姐说的是，死了就得不偿失了。

我一直在遥婆婆和由佳小姐旁边，默默看着事情的演变。由佳小姐的说法合情合理，而坚决不接受的遥婆婆令人感到奇怪。她坚决的说辞显得异常。

对，非常异常。这是我头一次对遥婆婆产生这样的感觉。或者，也可能只是我过去对遥婆婆令人不解的行动都视而不见。总之。遥婆婆的说法大有问题。

有必要如此执着于庭院里的玫瑰？

比起玫瑰，自己的身体才更要紧吧？

一般人只要想一想，马上就会明白的。

“遥婆婆，请你住院。要照顾玫瑰，等你身体养好了也不迟啊。”

由佳小姐恳求般说。

但是，遥婆婆笑着回答：

“才不要呢。”

当然，由佳小姐略微提高了音量问：“为什么？”遥婆婆还是以笑容回答：

“要是发生了万一，也没关系。死在玫瑰庭院里，是我的愿望。”

遥婆婆坚定的发言，让我感到背上有一阵寒意。遥婆婆与庭院的玫瑰，果真隐藏了什么吗？

历经了好几个小时的说服，遥婆婆终于答应住院。恐怕是因为在争执当中，身体越来越吃力的关系吧。看来她终于了解到，以自己目前的身体状态，是根本无法天天继续站在庭院里的。

我的话好像也有不小的效果。

“庭院，我和山崎会好好照顾的。”

所幸，山崎刚放暑假，每天应该都没什么事做，我们会合两人之力一起努力的。我说得像个站在竞选车上的政治家。

听到我自告奋勇，遥婆婆紧紧抓住我的手：

“千万拜托了，奏。”

她恳切地说。遥婆婆的手很瘦，却有力得惊人，被她握住的手甚至都会痛。

“……我会的。”

就这样，我和山崎站在没有遥婆婆的玫瑰庭院里。

“这种情形，叫作一不做二不休吗？”

从我嘴里得知事情经过的山崎，笑着这么说。我苦笑着回应他的话：

“真的要说的话，应该是‘不入虎穴焉得虎子’的感觉吧？”

于是，我们就争论起谚语和成语来。“不不不，应该是骑虎难下吧”？“那还不如说破釜沉舟。千里之行始于足下”。“同舟共济。吴越同舟”。

我们心里想的事情，大致是一样的。

两个人来到庭院里，心想也许可以查明些什么。虽然不知道会是好事，还是坏事。可是，我们应该会知道些什么吧。我们彼此都有这样的预感。我觉得那就好像是一股无法制止的洪流。就好像黑夜过去，早晨就会来到，就好像春天来了花就会开，我们应该会知道些什么。

就好像季节会变换一样。夏天也即将迈入极盛时期了。

山崎是一个早上爬不起来的人，据说从来没有赶上暑假早上的广播体操。可能因为这样吧，大清早现身的山崎像是枯萎的向日葵般垂头丧气，弯腰驼背。也许是我想得太多，但我觉得他的眼睛也是肿的，看起来简直像被埋在脸里面。

“来来来，今天要拔杂草，然后再铺腐叶土。”

对于我的工作指示，他不是回“嗯”就是“唔”，听不出是回答还是呻吟。

山崎恢复平常的多话，是工作即将结束，过了七八点的时候。

“……那个，早啊。”

看样子，这时候他的意识也清醒了，总算跟我说了早安。本来缓慢的动作也渐渐敏捷起来，最后以快马加鞭的冲刺，结束了工作。话是这么说，因为前半根本动不了，所以一加一减等于零。

山崎来帮忙清晨的工作还不到三天，便以极其佩服的样子说：

“森山，你一直在做这些事喔。”

所以我点头回答他，“你现在才知道啊。”

“是啊。不过，也才四个月而已啦。”

“不，四个月已经很厉害了。要是我，连一个月都撑不住。”

听到山崎这么说，我忍不住说：

“不，才短短四个月而已。和遥婆婆比起来——”

于是山崎也以有所惊觉的样子看着我。本来埋在脸里的眼睛，不知何时已经清清楚楚地浮现出来，就像猫眼一样睁得又大又圆。即使如此，我觉得话不说完也很奇怪，就继续说了下去：“……像遥婆婆，才真的是几十年来都每天这样站在庭院里工作。”

山崎“唔”了一声，对我的话点点头。

“……说得也是。”

“就是啊。而且在我来之前，每天早上都是她自己一个人……”

“是喔。”

“是的。”

工作结束的时候，已经日上三竿，阳光亮得刺眼。要是默默杵在那里，脑袋会因为炎热和光线太刺眼而渐渐短路。

“不过，这件事再说好了。”

“说得也是。”

我们硬是把谈话结束，往屋里跑。为了寻求阴凉，或是空调的冷风，我们两个在玫瑰园之间奔跑。

开始变热的夏日庭院，有一股浓浓的草腥味。匆匆跑过这一片绿意时，我和山崎的脑筋大概都很混乱。因为越是站在庭院里，就越能体会到遥婆婆对玫瑰异常的执着。

遥婆婆对玫瑰的感情，的确是脱离了常轨。早就超过了一般喜爱园艺的程度。假如只是喜欢玫瑰，应该不会对庭院那么坚持吧。她会那么执着，一定有什么理由。

“可是啊，我还是觉得奇怪。就算哦，就算庭院里真的埋了那些尸体好了，也不至于让遥婆婆那么想要保护玫瑰庭院吧？”

山崎提出了这样的见解。我也有同感。假如庭院的秘密就和谣传的一样，那么隐瞒的理由，就是为了压下医院的丑闻，或是为了保护德永家的名声，或者是为了她父亲身为医生的声誉这一类的事了。

可是，我觉得遥婆婆这个人，不像是会执着于这种事的人。她会为了这些理由而执着于玫瑰？我不太相信。

“……那，为什么遥婆婆会对庭院这么执着？”

我们理所当然地产生了这样一个疑问。产生是产生了，却找不到答案。

自从每天早上一起整理庭院以来，山崎的调查就陷入了瓶颈。不，其实不是陷入瓶颈，是他自己累坏了。不习惯的早起、夏天的热气、绿意的压迫，让他无力再做调查。

而我也没有去管他。因为我也很怕热。虽然才十三岁，却完全败给了酷暑，体力和思考都如实下降。

所以我和山崎的庭院调查完全陷入胶着状态。虽然每天都亲身体会到遥婆婆异样的执着，却没有任何进展，一味地被蒸人般的热气、浓烈的草腥味和令人目眩的浓绿压倒了。

但是，这个状态一下子就被干脆地打破了。

而帮我们打破的，是专业少女万理婆婆。

天真无邪的少女，果然不能小觑。

快到中元前不久，万理婆婆来了。

“奏妹妹！好久不见。”

我正在餐厅里收拾中餐配膳的东西时，万理婆婆挥着双手出现了。

“你好不好？好不好？”

应该在梅雨时期动过手术的万理婆婆，看起来比以前更瘦，脸色也不太好，但说起话来却令人感到精神好极了。她说手术复元良好，昨天获准暂时出院。

“我接下来要去美国和中国呢。”

万理婆婆戴着大大的宽檐帽，开心地这么说。

“歌舞伎要在纽约公演呢！我一直很想在国外欣赏歌舞伎公演。梦想总算要实现了。这一定会是很好的纪念。”

当然，同行的是佐和子婆婆和千惠婆婆。她们从今天起要出国两周。就老人家的出国旅游而言，格局又是相当大。

“美国我明白了，可是为什么还要去中国？”

对于我这个疑问，万理婆婆以“这没什么”的感觉回答：

“我是在满洲出生的。虽然几乎都没有记忆了，不过好歹是出生地嘛。想在死前去看一下。”

万理婆婆说得干脆，一点伤感的样子都没有，但我的心口却有一点点痛。因为我又一次感受到，虽然她的语气和以前一样有活力，可是毕竟死期已经不远了。

万理婆婆好像是在等佐和子婆婆和千惠婆婆整理行李，摘下了帽子，在窗边的位子坐下来。看样子，她们还要花上一段时间才能整理好。

万理婆婆愉快谈起她的住院生活。她住的病房是六人房，旁边病床的病人比万理婆婆小十二岁，万理婆婆叫她少奶奶。万理婆婆和这位少奶奶混熟以后，就借她歌舞伎DVD，从此她也完全变成歌舞伎的俘虏。现在她们两个会一起偷看歌舞伎DVD看到深夜。还有，外科有一个长得像染五郎的医生，她和少奶奶会结伴，没事也在外科病房晃来晃去。老来，不对，是病后，对歌舞伎更加热情的态度，已经到了令人惊叹的地步。

“那个医生真的和染王子一模一样呢。有紧急病患送进来的时候，他跑进手术室的模样，真是迷死人了！”

陶醉地这么说完之后，万理婆婆却一惊，端正姿势，正色加了一句：

“说是这么说，当然还是比不上我们的海王子。”

我们的海王子，指的是田村。

“田村……他好吗？”

万理婆婆露出不太自然的笑容这么说。我点头说：“很好。”

“还是老样子。”

听了我的回答，万理婆婆像是放心般呼了一口气，微笑了。

“……是吗？那就好。”

看万理婆婆这个样子，我觉得有点怪怪的。因为我心想，她该不会是……

“……我跟你说哦，奏妹妹，我有事想拜托

你。”

万理婆婆一副难以启齿的样子，从裙子的口袋里拿出一封折得很小的粉红色的信。信仔细地折成了花的形状。

“……这个，能不能请你帮忙交给田村？”

万理婆婆含羞地说。我心里想，不会吧！

万理婆婆，你该不会是真的喜欢田村吧！

“不用回信。”

万理婆婆害羞地垂下眼睛说。

“希望你帮我把心意转告他。”

我的视线落在粉红色的花信纸上，心里淡淡地开始想，原来是这么一回事啊。万理婆婆的确是很热衷于偷拍田村、做成剪贴。我本来以为那只是喜爱歌舞伎所衍生出来的附带行为，但也许并不仅仅是这样。

“拜托你喽，奏妹妹。”

搞不好，是真心的恋爱……

“好。”

看我接过信纸，万理婆婆红着脸微笑了。“谢谢，麻烦你喽，千万拜托了。”她这样说着，向我行礼。

而这样的万理婆婆提起玫瑰庭院，是佐和子婆婆和千惠婆婆都已经整理好行李，经过庭院准备要出发的时候。

万理婆婆看到绿油油的苍翠玫瑰庭院说：

“对了，听说遥住院了？”

她这么一问，我立刻回答说：“是的。”

“虽然只是观察情况，不过可能还要再住一两个星期……”

佐和子婆婆和千惠婆婆为我的回答做了附注：

“遥住院时，都是由奏妹妹在管理庭院的吧？”

“对对对，因为你照顾得很好，我们也都很放心。”

“要照顾这里的玫瑰，真的很不容易呢。”

“是呀，可是奏妹妹做得很好。”

她们两个的话，让万理婆婆露出笑容。

“这样的话，遥也可以放心了。”

然后她又面向绿色的庭院，像是强光刺眼般眯起眼睛。

“因为这座庭院可是遥的命根子呀。”

沐浴在夏日阳光下的绿叶，颜色确实显得耀眼。

“充满了往日的回忆……”

听到这句意想不到的话，我立刻插嘴：

“请问，这句话是什么意思？”

不入虎穴焉得虎子。一不做二不休。破釜沉

舟。这些话在我脑海里掠过。

“往日的回忆是指?”

对于我的问题，万理婆婆毫不隐瞒，干脆地回答：

“就是和情人的回忆呀？你没听说?”

我当然猛摇头。于是万理婆婆就像公开秘密的少女一般，以淘气的笑容告诉了我。

“听说这座庭院的玫瑰，是遥的情人送给她的。”

我觉得枝叶的浓绿好像快渗进眼睛了。

“所以这里的玫瑰，等于是遥的情人。”

晚上在无人的大厅里，我和山崎并肩坐在沙发上。山崎身边还有缩成一团的蒂奇。在这个炎热的季节里，看来蒂奇也不想坐在他膝上。山崎是想到了才摸摸它，但蒂奇仍满意地从喉咙发出咕噜咕噜声。

“……听说是这样。”

我把从万理婆婆那里听到的关于庭院的事告诉山崎。

结果山崎像是叹一口大气般回答说：

“这样啊。”

那一瞬间，蒂奇突然站起来，从沙发上咚的跳下去。也许是从山崎的叹息，或是手的动作，感觉到什么不平静。

“蒂奇?”

山崎喊它也没用，蒂奇只朝我们稍微瞥了一眼，就移动到后面的沙发去了。

“……”

我和山崎默默地目送了蒂奇。目送之后，不约而同又大大叹了一口气。

“怎么说，就那个嘛。”

山崎仰望着半空说。

我也点头以报。

“就是啊。真的很那个喔。”

我们彼此想的都差不多，却因为找不到适当的话，就先用“那个”这种含糊的代名词来搪塞。

白天，万理婆婆告诉我蔷薇人生庭院里的玫瑰，与遥婆婆的情人的关系。那是一段十分浪漫的回忆。

以前还很年轻的遥婆婆，曾经有情人。据说那个人是遥婆婆最初也是最后的情人。而他每次和遥婆婆见面，都会送她玫瑰。万理婆婆说他是个温柔的人。

收了几次玫瑰的遥婆婆，却渐渐地越来越悲伤。因为他送的美丽玫瑰不久就会枯萎。当时还很年轻的遥婆婆，担心他们的关系，可能迟早也会像这些花朵一样枯萎。于是，她拜托他，不要给她玫瑰花了，她想要玫瑰苗。这样就能种在庭院里，永远珍惜这些玫瑰了。从此男子便开始送遥婆婆玫瑰苗。而遥婆婆就将这些树苗种在庭院里。树苗牢牢在庭院里生了根，开始长出茂密的枝叶，不再枯萎。

“这就是玫瑰庭院的开始。”

万理婆婆微笑着说出结语。

“所以这些玫瑰对遥婆婆来说，就像是情人的分身呀。”

我觉得一阵晕眩。

玫瑰很好。遥婆婆说过。她说，这是一种再怎么照料都不嫌烦的花。每天每天都在庭院里，满怀热忱地持续照料。她说，庭院里的玫瑰就是我的性命。甚至还说过，死在玫瑰庭院里是我的心愿。

若只是爱玫瑰，还是有点太夸张了。可是，如果那是情人的分身的话，的确就能理解了。假如她是借着种植这些玫瑰，把它当作是纪念过去的情人的话，虽然是脱离了常轨，但并非无法理解。

可是，如果是这样的话，那个情人到哪里去了？最初也是最后的情人。他为什么不在遥婆婆身边？遥婆婆至今还爱着他，他却只留下玫瑰，消失无踪？

“要是那个男的被埋在庭院里呢？”

山崎打破沉默说。

“要是他不知道什么缘故死了，遗体被人埋在庭院里的话……”

我也想着同样一件事。

想着，却没有说出来。

因为我觉得要是说出来，好像会变成真的，好可怕。

“……我觉得这样很多地方就好像说得通了。”

突然间，蒂奇在后面沙发“嘎”地叫了一声。

“？”

我和山崎吃惊地转头向后看。只见蒂奇跳过了沙发椅背，朝我们这边过来。

“蒂奇……”

可是，虽然山崎叫它，蒂奇还是没有停下来，就这样“咚咚咚”跑了进去。它那样算是全力疾驰吧。

“它是怎么了？”

山崎讶异地说完，只听到后面的沙发有人出声。

“……痛痛痛痛。”

我和山崎又吃了一惊，转头向后看。只见沙发后面出现了田村的身影。看来，他一直躺在那里。

“田——村。”

我用破了音似的声音说，他嘿嘿一笑，让我们看他的手臂。

“蒂奇那家伙，狠狠地抓了我一下。”

田村一面呼呼吹着他手上的伤口一面说。

“不是啦，我翘班跑到这里休息，没多久奏妹妹和山崎就来了。可是，我因为是翘班，所以觉得有点不好意思叫你们。结果你们就开始讲起一些难懂的话，变成我想出去也出不去了……”

我一面想，不久前我才听过同样的话，一面问了同样的问题：

“……所以你全都听到了？”

田村也以灿烂的笑容回答：

“嗯，差不多吧。”

然后，田村从沙发上站起来，伸了一个懒腰。看他那个样子，大概是翘班打瞌睡吧。

我才在想，只听田村用不以为意的感觉说起：

“……送遥婆婆玫瑰的人，最后想抛弃遥婆婆。遥婆婆无法接受，就对男的下手。然后把他的尸体埋在庭院里。所以她才会那样一直守着庭院。为了埋藏他的尸体，为了逃过杀人罪，或者是为了把玫瑰当成那个男人，一直爱下去。”

田村的话，让我和山崎说不出话来。田村，你到底在说什么？看到我们这个样子，田村又笑了出来。

“我乱说的啦。是这里的女生们跟我说的八卦。”

“噢，是吗？”

田村不理会我们的困惑，沉着地继续：

“真是很耐人寻味的八卦啊。可信度若有似无……”

他的侧脸甚至看起来很愉快。

“……不过，任谁都有想隐瞒的苦衷啊。”

又是上次才听过的话。

“再继续追查下去，就有点不识相了。”

他嘴上虽然这么说，但他说的内容，等于就是告诉别人还有得追查嘛。我看这个人，一定是知道很多秘密，却藏起来悠然自得地过他的日子。

田村修一，是个不可小觑的人吗？

或者，他只是个冒失鬼？

第二天，我做完庭院的工作，请了半天假到市区的图书馆去。因为从田村那种口吻听起来，我们猜想遥婆婆和玫瑰庭院还有什么秘密。

“我去问问朋友的爷爷奶奶。老人家搞不好会对遥婆婆的情人知道些什么。”

听了山崎的这番发言，我觉得我也应该做些什么，所以才决定到图书馆去。我想，图书馆可能会有以前的地方报纸。要是有的话，也许上面报导了这个地方上的小案件或意外事故等。

例如，失踪人口的报导之类的。

医疗意外、自杀的报导之类的。

或者，杀人命案的报导之类的。

要是有蔷薇人生，或之前医院时代的相关报导，也许可以作为参考。

总之，我就是坐立难安。遥婆婆真的杀了她的情人吗？然后埋在那座庭院里？这个念头时不时浮现在我脑海中，真的让我很困扰。

当然，我相信遥婆婆。她不是会做那种事的人。就算情人背叛了她，她也不可能做出杀死对方这种冲动又莽撞的事。

而且，我还这么想。人本来就不会轻易去杀人。杀人这种事，又不是到处都有。只要稍微想一想就能明白才对。我们所知道的杀人案，顶多就是电视里播的陌生人犯下的，不然就是老套的悬疑剧场。现实中这种事并不会经常发生。

人，是不会轻易杀人的。

杀人这种事，不会经常发生。

也是为了确认这一点，所以我拜托山崎做进一步的调查，而我自己也到了图书馆。可是，我的这个想法，光是看了一眼市内过去发生的案件数据库，便立刻受到打击。

“……真的假的？”

我看着图书馆里设置的计算机画面，不由得自言自语。

那里记载着市内过去五十年发生过的杀人、杀人未遂、伤害等案件的件数。光是杀人案，就有五十二件。换句话说，换算起来，每年都有一个人，不是谁杀了谁，就是谁被谁杀了。

就连这么小的地方都会发生这么多案子。这种数字算是平均吗？人这么爱杀人吗？

我觉得我快晕倒了。

那排数字让我头昏。

原来有这么多人痛恨别人到想杀掉他们的地步吗？

想要借由杀人这种手段，来消除怒气、厌恶、憎恨、悲伤吗？消除了吗？

原来，人是这样的吗？

原来，世界上充满了这种人吗？

所幸，地方报导是以微胶卷的方式，把昭和二十五年后的都保存了下来。于是，我选了山崎的母亲还是孩子的年代，也就是昭和四十年到五十年的地方新闻，开始阅览。

虽然只有地方新闻，但看十年的分量毕竟是一项庞大的作业。如果只是快速浏览，很可能会漏看报导。

难不成，我正在做一件徒劳无功的事？我立刻产生了这个疑问。照这种做法，时间再多也不够。

我才刚这样想，就发现微胶卷的内容有缺失的部分。因为像被虫蛀掉一样，只有那边被剪掉，所以反而很醒目。

“这是什么？”

报导是昭和四十一年八月的。在纸面的左下方。一个很小很小的字段。我觉得奇怪，翻到隔天的报纸，那里也有虫蛀。这一篇的字段比前一天的大了一点点。位置也在左上方，更容易看到的地方。

“为什么只有这里看不到？”

我觉得奇怪，就向图书馆馆员请教原因。结果对方回答是原纸的问题。

“报纸是在十年前左右微胶卷化的。若拍摄时纸上有缺损，就会直接这样拍成微胶卷。”

换句话说，这就表示图书馆馆藏的报纸，碰巧，或是蓄意，少了一部分。图书馆馆员看了这份微胶卷的缺失部分，皱起眉头。

“这应该是有人剪下来的。以前的管理没有现在这么严谨，所以一定是有些没公德心的人趁我们馆员没注意偷剪的。有时候就是有人会这样恶作剧。”

可是我却感到讶异，真的是恶作剧吗？不是有人蓄意想销毁这篇报导才这么做的吗？这里本来刊登的是什么样的报导？是谁把这部分带走了？

我怀着这样的疑问，继续看报纸。我的视线来到了虫蛀微胶卷的第二天的报导。

顿时，我睁大了眼睛。

“……这是？”

这篇报导小小地刊登于纸面的左下角。

报导的标题是“被害者因恐被告诈欺逃走？”。报导极为简洁地描述了案件的内容。

一名男子遭到被他所骗的女子刺伤，送医后因害怕被以诈欺罪嫌逮捕，企图逃亡。受害男子名叫谷口修一郎。报导以“警方正追缉在逃男子”作结。

报导中也写出了刺伤谷口嫌犯的女子的姓名。

“怎么会……”

德永遥。

报导中记载了这个名字。

我若无其事地对由佳小姐说，我要帮遥婆婆送替换的衣服去医院。

“今天突然请了半天假，医院由我去，算是道歉。”

我也想报告一下庭院的事情。我加了这句话，所以由佳小姐不疑有他，一口就答应说，那就拜托你了。

“替换的衣服就放在遥婆婆房间的床上。”

能进遥婆婆的房间是幸运呢，或者只是更确定了我的想法？总之，我照由佳小姐所说的，前往遥婆婆的房间。

遥婆婆的房间位于蔷薇人生的一楼。房间的窗户看得到的庭院绿意，简直已经可以用郁郁葱葱来形容了。

“真令人叹为观止。”

即使是太阳西斜的日暮时分，绿意还是浓浓地映入眼帘。我茫然地想，每天看着这样的东西，好像会精神失常。

或者，遥婆婆早就精神失常了，所以才会弄出这样一个庭院？因为发疯了，遥婆婆才会弄出这样一个庭院……

在图书馆发现了过去的案件报导之后，我立刻打山崎的手机。结果山崎喘着气说，他正在来图书馆的路上。

山崎说，他查出了很多事情。

我也小声回答：

“我也找到了。”

我的声音，可能在发抖。

“遥婆婆刺了那个男人的事，好像是真的。”

或者，我的语气可能非常冷静。

山崎通过电话说：“我知道。我知道，所以你等我一下。”

果然，他很快就来到图书馆了。

我们在图书馆旁的公园会合，立刻开始交换情报。

“遥婆婆年轻的时候，曾经和一个号称念医科的大学生订过婚。他比遥婆婆小十岁，身旁的人都说他多半是为了财产，一定是想要继承医院什么的，阻止遥婆婆和他交往，但遥婆婆对他死心塌地，结果后来还发展到要结婚。”

那个大学生就是谷口修一郎。

“不过，就德永家来说，不管是不是为了财产，能继承医院就好，所以还开始资助他学费。念医科很花钱吧？所以全部帮他出了，我想应该是一笔不小的钱。”

听着山崎的话，在图书馆里看到的那串数字又在我脑海里浮现了。杀人、伤害、自杀、窃盗、诈欺。

那是理所当然的数字吗？

世界就是这样的吗？

“可是，过了不久，他们就知道那个男的根本不是医学系的大学生。他一直不找工作，专门吃软饭，不是个好东西。”

在公园里，小朋友们在母亲的看顾下玩耍着。有的在沙堆里堆小山。有的爬溜滑梯。从秋千上摔下来的孩子，擦伤了膝盖在哭。

正常的世界好像扭曲了。

“当然，遥婆婆的父母气得要命，要遥婆婆和他分手。可是遥婆婆说她不在乎，甚至还开始计划和他私奔。”

乱七八糟的，世界。

“可是，男方逃走了。他收下遥婆婆的父母给的分手费，抛弃了遥婆婆。知道这件事之后，遥婆婆追上他，刺伤了他。”

这就是报纸上报导的案情大纲，而且这个案子还有后续。

“可是被刺伤的男子后来从医院消失了。然后，遥婆婆又上了警察局。因为她全身血淋淋地走在街上，所以被警方带回警局了。因为这样，才会有那个谣言，说遥婆婆杀了那个男的。”

可是，这件事却被压下来，当作什么都没发生过。遥婆婆很快就被放回家，警方也不再搜索那名男子。

“当时，调查好像也有很多是杜撰的。遥婆婆他们家不是出了很多政治家和财经界的大人物吗？所以很多人都说一定是他们这些人施压不让警方办案的。”

警方没有办案，还有另一个关键性的理由。

“最重要的是，没有尸体。”

山崎这么说。

“没有尸体，杀人罪就不成立。”

我心想，原来如此。

就算一个人不见了，就算大家都谣传有人被杀了，但要是没有尸体，就只是一桩失踪案。至少，会被当成是失踪。

如果杀了人不想被发现，只要把尸体藏起来就好了。

只要埋在玫瑰庭院里，不被人看见就好了。

“搞不好那个叫谷口的，真的在那座庭院里……”

我想着山崎的这些话，凝视着庭院里的绿意。这时候满窗绿意的房间窗户忽然发出声响。叩、叩。覆盖了设施般茂盛的玫瑰树枝，在风的吹抚下拍打着窗户。叩、叩。叩、叩。

好像会精神失常。

我没有去拿床上的替换衣物，而是走到摆在窗旁的书桌。桌上有书档。那里放了好几本笔记本。

拿起来一看，上面标着日期。可能是日记。

我简直就像履行义务般，翻开了笔记本的封面。

就在这时候，本来夹在笔记本里的纸条，有两张忽然掉落。两张都是泛黄的小纸条。

看起来像是被剪下的报纸。它们简直就像很久以前就决定要这么做似的，轻飘飘地落在我脚边。

我也像很久以前就决定要这么做似的，捡起了那两张纸条。

果然是旧报纸的报导。

“这是什么？”

一看到报导，我就不由得笑了。

“……这个怎么会在这里？”

那是关于遥婆婆案件的报导。大张的纸条上面，是“资产家千金刺伤未婚夫”这种夸张耸动的标题。还大大地刊载了应该是遥婆婆家的照片，以及被刺伤的未婚夫大头照。另一张比较小张的纸条，标题是男性遭刺伤，非常轻描淡写。只不过，却不忘刊登遭刺伤的谷口修一郎的大头照。

“遥婆婆，真傻。”

我不由得说。

因为，我觉得我好像明白遥婆婆为什么要把这两篇报导从图书馆里剪下来了。

“真的好傻啊，遥婆婆。”

只剪这两则报导，多半不是为了掩盖案件。要掩盖的话，应该连第三天的报导也要剪下来才对。她没有这么做，是因为她不需要第三天的报导。

没有刊载这名男子照片的报导，对遥婆婆来说恐怕没有用处。遥婆婆只是想要这名男子的照片而已。

就算被欺骗、被背叛，还是想要他的照片。她爱他，忘不了他，无论如何都无法忘情于他。所以遥婆婆才会把报导剪下来吧。然后才会像这样，珍而重之地夹在笔记本里吧。

庭院的玫瑰敲打着房间的窗户。

叩、叩。

那里是一片浓绿。

好像要将所有的颜色都盖过似的，绿。

窗户作响。

叩、叩。

好像快精神失常了。

然后，我带着替换衣物，赶往遥婆婆的医院。

我一出现在病房，遥婆婆就非常高兴，招手把我叫到床边。她为什么那么高兴，原因很明显。

“庭院的玫瑰怎么样了？都好吧？”

她就是想问这件事。想知道庭院的玫瑰情况如何。

“没有问题。夏天的修剪已经完成了，防台风的支架也做好了。明天、后天预计要开始堆肥。”

听了我的话，遥婆婆安心地叹了一口气。

“是吗？太好了。”

然后，遥婆婆详细指导堆肥的做法。

“在距离根部大约三十厘米的地方，挖一道弧形的沟，要把堆肥埋在里面哦。不可以离根太近，也不能离得太远。这真的得靠经验，我很想直接指导，但这次就没办法了。总之，挖的时候要记着三十厘米。”

遥婆婆对于作业的指示向来非常仔细。

“沟的深度大约十五到二十厘米。这也是不能过深或过浅。尤其要注意别挖得太深。挖到根，可能会伤到根的。”

遥婆婆明明向来都是这么仔细，但这些话却一一留在我耳里。

要注意别挖得太深。

要注意别挖得太深。

“知道了喔？千万要注意，别挖得太深。”

千万要注意，别挖得太深。

千万要注意，别挖得太深。

我想我应该是要回答我知道了。可是，我却没这么说。不，我不是没这么说，是我说不出来。我当下忍不住问道：

“为什么不能挖深一点？”

可能是因为热的关系。因为我的体质很怕热。可能是因为庭院里玫瑰的关系。那种令人目眩的绿，压得让我无法思考。或者，是拍打窗户的那些声响的关系。又或者，也许我早就已经精神不正常了。

从很久很久以前就已经……

“玫瑰园底下埋了什么吗？”

我的话，让遥婆婆瞬间失去表情。

“……玫瑰园底下吗？”

但是她马上就在嘴角露出笑意。

“当然是爱呀。”

遥婆婆以心满意足的笑容说：

“奏可能还不懂……”

她以望着玫瑰时那般幸福的眼神说：

“那是爱呀。”

因为她的笑容，我也不小心笑了。

“……那怎么可能？”

我笑了，说了：

“……那是不可能的。”

人才不会轻易杀人。

遥婆婆不可能会杀人。

“……不是爱。那样，不叫爱。”

更何况是曾经爱过的人，遥婆婆不可能会那么做的。

可是，我知道。

遥婆婆房里的笔记本上，以秀丽的字记下了每天的生活。在蔷薇人生的生活。姊姊的事，登纪子婆婆的事，长子婆婆的事，由佳小姐的事，突然出现的我的事。当然，还有庭院里的玫瑰的事。愉快的文章，一篇接着一篇。

日期最新的日记，是这样写的：

不久，杀死那个人的季节就要到了。

人是不会轻易杀人的。

更何况是曾经爱过的人，那种事不可能做得出来。

一心这么想的我，也许早就已经精神失常了。

蔷薇色时光胶囊

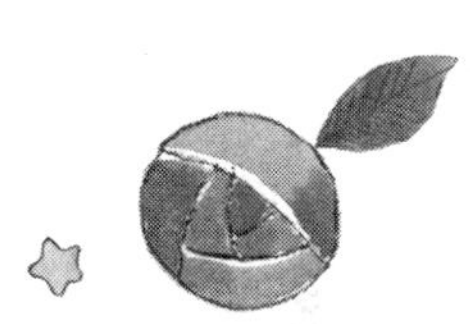

一从医院回到蔷薇人生，我的手机就接到一通电话。是遥婆婆打来的。她应该是从病房溜出来，用医院里的公共电话打给我的。

“你都弄懂了吧？奏。”

对于遥婆婆的这些话，我什么都没有回答，默默地挂了电话。之后又有好几通从公共电话打来的电话，我全都没接。

你都弄懂了吧？不管再问我多少次，我都觉得我无法回答我懂。我什么都不懂。

缺了一半的月亮挂在空中，地上铺着薄薄的白云。半个月亮照不亮地面，却也不会让地面漆黑一片，只是淡淡地、模糊地发着光。

在淡淡黑暗中，我站在玫瑰庭院里，地面上竖着一把铲子。

沙、沙的声音，在静谧的庭院里响起。握着铲子的手心，感觉得到挖起的土壤。沙、沙、沙。接近地表的土壤，比我以为的脆弱。地表附近的，一下了就挖起来了。问题是那下面。稍微往下再挖，土壤一下子就变得很硬。

我用脚踩着铲子金属片的上缘，用力把全身体重加上去。于是铲子沉入了地面。然后我再用杠杆原理，把体重压在铲子的柄上，用力把土挖起来。沙、沙、沙。

庭院里已经到处都是洞了。全都是我挖的。我选了大棵的玫瑰树，从根部把铲子插进去。为了确认那棵树下面有没有埋着尸体，我一个洞一个洞挖下去。

“……好，没有。”

Diorama的树根大致都挖过之后，我小声地说。这里也没有尸体。接下来是哪里？接下来该挖哪棵树？

在微暗中，我走向下一棵玫瑰树。在树木之间行进，那些枝叶好像要阻挡般，打在我的脸上、手臂上。树枝上的小刺，生生地勾着我。可是，我用手把这些刺拨开。我不觉得受到了阻挡。树枝对我拨开的手竖起了小刺，但我丝毫不打算因为这点疼痛就作罢。

我必须挖开庭院。

我必须挖开庭院，证明这里没有尸体。

遥婆婆才没有杀死往日的情人。

人才不会这么轻易就杀人。

我必须证明这一点。

“……是这个吗？”

我站在Summer Snow的树前面自言自语。Summer Snow的枝叶覆盖着蔷薇人生的墙面般伸展着。宛如要拥抱这座建筑物，又宛如要吞没它一般。

我再次将铲子往地面插进去。握着铲柄的手心好痛。因为挖土而起的水泡，已经全都破了，皮都掀起来了。

即使如此，我还是继续挖。手心的疼痛，好像不干我的事一样。这么一点痛，我根本不在乎。我非挖这座庭院不可。我非得挖遍这座庭院，证明没有尸体不可。

沙、沙、沙。

我想，我大概已经精神失常了。想归想，但就连这件事也都好像不干我的事一样，我根本不在乎。

沙、沙、沙。

挖起来的土壤里，混着玫瑰细微的根。被铲子铲断的这些根，变成又皱又卷的咖啡色块状物，有种诡异恶心的感觉。土壤底下的玫瑰和地表上的模样不同，长出无数细小的根，贪婪地吸收别人给予它的养分。花朵很美，长出来的根却很丑。

沙、沙、沙。

我心想，不过，都是这样的吧。在无限亮丽的背后，有着纠结混乱的丑东西，再自然不过了。田村也这么说。这种事，不是只发生在玫瑰身上。美丽的东西底下，隐藏着不美丽的东西。

对，不是只发生在玫瑰身上。

“……这里也没有。”

这样子挖了庭院多久，老实说我也记不得了。虽然记不得，但等我回过神来，天已经亮了。让我知道天亮的，是山崎。

“森山，你在做什么？”

山崎一如往常在清晨来到庭院，看到我的样子，一脸不可思议。他身后是太阳正要升起的天空。我心想，简直就像他把朝阳带来了似的。一这么想，就觉得想笑。阳光淡淡描绘出山崎的轮廓。

“……山崎。”

我边叫他边眯起眼睛。因为山崎好耀眼。这个人，就是很耀眼。明明早上起不来，却好适合这种光。

山崎立刻向我跑来，拿走我手中的铲子。

“你在干吗啊？弄得浑身是泥。拜托，你的手，全都是血了。森山，到底是怎么回事啊？……啊啊，连脸上也受伤了。真是的，你还好吗？”

山崎连珠炮般说了一大串话。好吵的一个人。可是，这个人就是适合这种吵闹。

“庭院也是，这究竟是怎么搞的？”

山崎以看到什么怪东西的眼神，看着庭院说。

“怎么会变成这样……？”

也难怪山崎会这么说。因为这座庭院真的是怪得不能再怪了。

在变亮的天空下，庭院呈现的模样可以说是凄惨无比。东倒西歪的玫瑰树。被拉断般的枝叶。到处都是深深的坑洞。好多玫瑰的根都被翻出来暴露在阳光下。细细的根被无情地铲断，遭到唾弃般丢在地上。

“……怎么会变成这样？”

山崎倒吸一口气说。我缓缓开口：

“没有，尸体。”

我的声音听起来好像陌生人的声音。

“遥婆婆，没有杀人。”

山崎的脸讶异地扭曲了。

“……森山？”

就在这时候，他身后出现了一个小小的人影。

就站在大门的地方。瘦小的身躯。又白又短的头发，在朝阳下显得闪闪发光。

是遥婆婆。

我眼中映出她的身影，又说了一次：“没有，尸体。”

遥婆婆动也不动地看着庭院。

“遥婆婆没有杀死任何人。”

我一面说，脸上大概露出了笑容。

“没有……”

我证明了。

庭院里没有埋着尸体。

遥婆婆没有杀死爱过的人。

人是不会轻易杀人的。

我已经证明了。

听到我的话，遥婆婆喃喃说了什么。说了之后，朝庭院走来。

“……遥婆婆？”

山崎回头叫她的声音，语气中带着不安。

遥婆婆没有回答，跪也似的在暴露出玫瑰根部的地面上蹲下。

蹲下来，开始刨地般地用手挖咖啡色的地面。

“……怎么会……怎么会……怎么会？”

遥婆婆梦呓般低声说着，双手挖着土。她的手指成钩状，用钩齿去挖坚硬的地面。

“……怎么会？我明明杀了他。”

耙着地面的纤细手指，立刻开始渗血。

“遥、遥婆婆？”

山崎抓住她的手臂，想阻止遥婆婆乱来。可是遥婆婆用力将山崎甩开。甩开他之后，发疯般大叫：

“我杀了他！”

然后立刻又挖起地面。

“我杀了他！杀了之后埋在庭院里！他的骨头就在这里！他的……他的骨头！我杀了他啊……我杀了……杀了以后埋了……他的骨头就埋在这里……”

天空又变亮了一点。

“……我杀了啊，我杀了啊，我……”

一片片云染上了淡淡的橘黄色，为清晨的景色增添色彩。美丽的清晨景色。可是，这样的天空很常见。一年当中大概有四分之一是这样的天空吧。

我想，这是神明的杰作。神明喜欢美丽的东西。所以才会这么随便就到处洒下美丽的景色。

“……我杀了他啊。杀了以后埋在这里……”

在这样的天空下，遥婆婆发了疯似的，不停挖着洞。是谁造的孽？是什么样的因果？

让遥婆婆一个劲儿不停地拿手指抓着地面。

从医院溜出来的遥婆婆，马上又被带回医院。

听陪她去医院的由佳小姐说，回到医院之后，遥婆婆的情绪还是很激动。

“究竟发生了什么事？”

由佳小姐在电话里对我说。

“遥婆婆变成这样，而你把整座庭院翻过来。这到底是怎么一回事？”

我也不知道。

自己做出来的事也好，遥婆婆的反应也好，一切的一切都难以理解，我只能沉默。

山崎看不下去，拿走我的手机，和人在医院的由佳小姐说起话来。

“那个，这边的状况也不清楚……嗯，对，是这样没错……这边感觉也很混乱……”

我茫然地想着，山崎所说的“这边”，指的应该是我吧。我知道。我的脑子很混乱。

变得很不正常。

“你先去冲个澡吧？你全身都是泥巴。”

听说了骚动而跑来大厅的田村这样劝我。

“你这个样子，也没办法给伤口治疗啊，是不是？”

我听到他的话，却默默低下头。

山崎还继续和由佳小姐打电话。我不知道该做些什么，就等着山崎挂电话。因为当下我觉得，现在只有山崎才能正确地引导我。

看我不回答，田村小小地耸了耸肩，立刻微笑着说：

“……不过，我明白你遗憾的心情。”

我不懂这句话的意思，小小应了声：

“咦？”

于是田村仍带着笑容继续说下去：

“……奏妹妹都好心告诉遥婆婆庭院里没有尸体了，遥婆婆却不肯承认啊。”

田村令人意想不到的话，让我说不出话来。

可是，田村看我这样，反而更愉快地继续说：

“因为从我的房间也看得到玫瑰庭院，所以没办法，我又不小心全部都看见了。就是这样啦。”

上次也听过这个说法。可是这次，这些话让我感到突兀。为什么田村总是会在这种场面出现？

我开始感到怀疑，但是田村却露出笑容。

“我是觉得啊，”仍是他一贯坦然的笑容。

“遥婆婆大概是希望那个人死掉吧。”

“……咦？”

“应该是不能接受那个人现在还活得好好的吧？”

然后田村先确定山崎还在打电话之后，凑过来在我耳边说：

“跟奏妹妹不同。”

顿时，我倒抽一口气。

这个人知道。我的秘密他全部都知道。我当下非常确定。

“那……那个……”

看我说不出话来，田村露出柔和的笑容。好美的笑容。可是，我这时候才发现，他的眼睛一点笑意都没有。原来这个人一直是用这种眼神在笑吗?

“……啊，我得去准备早餐了。”

田村毫不内疚地这么说。看着他这个样子，我才想到。是背包。我刚流落到蔷薇人生的时候，田村发现了我的背包，帮我带回来。那时候，田村什么都没说，只是柔和地微笑而已。那时候他一定看过背包里的东西了。收在背包里的信，他一定看过了。我根本不想寄的那封信，田村看过了。

“抱歉，我先走了。”

我震惊不已，田村却淡淡地说了这么一句，就这样走进馆内。

熏婆婆在当天下午出现。她去医院探望过遥婆婆后，来到了蔷薇人生。

“好久不见了，森山小姐。”

这么说的熏婆婆，身上穿着鲜艳的柠檬黄套装。好像顶在头上的那顶帽子，也一样是纯柠檬黄。一身比向日葵更像要歌颂夏天的装扮。手上拄着以施华洛世奇水晶装饰得闪亮亮的拐杖。和上次红黄绿三色相间的拐杖不同，这次是红、蓝、透明，看来是法国国旗的图案。尽管颜色的区域性不同，但显然她对鲜艳花哨的喜爱不变。

“我有点事想私下和森山小姐谈。”

熏婆婆这么说，把我请到老板办公室。她要和我在一起的山崎在走廊上等。山崎说“我等你，你去吧”，推了我的背。于是我和熏婆婆一起走进了老板办公室。

一旦我们两人在办公室里独处，熏婆婆便叹了大大的一口气说：

“森山小姐，你又做了惊天动地的事啊。”

可是，她说这句话的脸上，却露出了笑容。

“不过，做都做了，也就没办法了。”

熏婆婆说完耸耸肩，要我在沙发上坐下。我照做了，在离我最近的沙发上坐下来。

于是，熏婆婆便在我斜对面的个人沙发上缓缓坐下来。

“……好啦。要从哪里开始说呢。”

熏婆婆把三色拐杖靠着沙发竖起来，眯起眼睛。然后，缓缓地朝我低头行了一礼。

“首先，我要不顾羞耻，拜托你一件事，森山小姐。”

她的举止和言语，让我吃惊得说不出话来。

但是，熏婆婆仍是低着头，理所当然般继续说：

“能不能请你告诉遥，庭院里有尸体?”

熏婆婆的话令人意外。

我不明所以，歪着头。

“这是，什么意思？”

于是熏婆婆忽然抬起头来，继续说：

“遥疯了。”

年老深陷的眼睛，仍展现出坚强的意志，在深处湛然发光。

“要是庭院里没有尸体，她会活不下去的。”

接下来熏婆婆抽丝剥茧般，静静地、详细地述说起妹妹的过去。

花与草，天与风，她小时候是个只会谈这些的孩子。熏这样形容年幼时期的遥。

“我们家族每个人个性都很强，全都是些爱出风头的人，但遥却跟我们一点也不像。

“她文静内向，老是躲在母亲或奶妈身后。在这方面，我倒是继承了浓厚的德永血统。我是孩子王，统率附近的男孩子，在这一带横行无忌，所以和遥合不来，虽然不是讨厌彼此，但也不是感情很亲密的姊妹。”

而这两姐妹，在熏婆婆过了二十岁后不久，便失去了联络。因为熏和画家情人私奔，跟家里断绝了关系。

“虽然我知道我等于是把德永家推给了遥，但毕竟我当时也年轻，被恋爱冲昏了头，没考虑那么多。从那时候开始，我就一心为了丈夫、孩子拼命工作，连想起娘家的时间都没有。”

女实业家真山熏就是这样诞生的。

而熏再度踏进德永家门，便是在遥闹出事情之后。

“那时候，我真的很吃惊。没想到遥竟然会做出那种事……不过，她身上毕竟也流着德永家的血啊。内心深处终究还是有这种强硬的成分。”

出事之后，遥的父亲开出永远不见女儿的条件，给了谷口修一郎一笔钱，把他赶得远远的。

当遥知道了这件事，便拿刀割腕自杀。幸亏发现得早，遥的父亲将伤口缝合了，但是伤口很深，据说伤到了神经。

“我想当时的遥只有两个选择，不是杀了那个男的，就是自己寻死。”

因为谷口修一郎对遥施了魔法。

“那男的好像对她说过，万一我们分开了，到时候你就杀了我。”

或者，这是句咒语？

“杀了我，埋在庭院里。这么一来，我一定会化身为庭院里的玫瑰，日复一日、年复一年在你身边绽放——那男的说过这种话……”

寻死不成的遥不等手腕伤愈，就带着刀从家里溜出去。为的是找出谷口修一郎，杀了他。可是，城镇里已经找不到他了，遥只是一直不停地在海边的街上走来走去。走着走着，缝合的伤口裂开了，再次流血。即使如此，遥还是继续走。

“遥为了杀那个男的，不断走着。”

她那个样子，街上很多人都看见了，有人报了警。被带到警察局的遥，立刻被送到她家的医院，再次动了缝合手术。同时，城里开始传出那个谣言。就是遥杀死那个男子埋在庭院里的谣言。

“她动了手术，醒来之后，向我们一家人恳求。她说，请不要报警，我会自己赎罪的。当然，一开始没人听得懂她在说什么。可是过了不久，我们就明白了。她以为她杀了谷口修一郎。”

从此之后，遥便对庭院产生了异常的执着。每天一早就来到庭院，开始照顾植物。一弄到玫瑰苗，就全部种进庭院里。结果满街的谣言传得绘声绘色，像真的一样。

“那时候，我应该不顾一切，把遥从这个家带走的。我对这件事的愧疚，无论再过多久都不会冲淡。”

熏婆婆这么说，眉头的皱纹形成了更深的沟。

“假如当时让她换个环境，让她知道有不同的人生，也许她也多少会有所改变，也许就不会一辈子被那个男人、被这座庭院绑住了。”

但是熏就这样离开了遥。因为熏当时已经有了自己的家人，该做的事堆积如山。而漫长的岁月过去，熏再度回到娘家，是双亲过世的时候。他们在旅途中遭逢意外，就这样蒙主宠召。

“隔了几十年再回到家里，我吃了一惊。就是这个庭院啊。房子也好、医院也好，都被玫瑰覆盖了。”

在盛开的玫瑰中，遥穿着丧服，独自站在那里。

“遥抬头看着那些玫瑰，幸福地笑着。我的背脊都像是被冻结了。”

这几十年，遥都一直活在玫瑰的诅咒中。

“遥以为自己杀了谷口，相信他的尸体埋在庭院里，她亲手终结了他们的爱。”深深的皱纹又聚集在熏婆婆的双眉之间。

“你根本没有杀死谷口——这样告诉她也没有用。如果没有真的杀死谷口的话，那我就真的杀死他，再把他重埋在庭院里——她一直说这种乱七八糟的话……所以我决定，就当遥的偏执是真的吧。就算她是在一个疯狂的世界里，但只要她的心能够维持平静，我就为她守住那个世界吧……”

阳光满溢的玫瑰庭院。遥婆婆总是站在那里。脸上露出满足的笑容，伸手摸摸玫瑰的枝叶，向绽放的花朵说说话。无论何时，在每个角落流逝的时光都是平静而优雅的。

“她的人生乱了，我要负责。当然，我可不打算装圣人，说什么全是我的错。可是，我曾经有机会可以救她，却没有这么做，所以我的确有责任。虽然这些话也可以套用在我父母身上。”

说着，熏婆婆露出淡淡的苦笑。

“当然，遥本身也有责任。她就像直接从千金小姐长大，再直接变老。”

然后，那双深陷的眼睛又朝着我这边说：

“即使如此，我还是亏欠她。把这个家推给她、留下她独立承担的，是我。为她守住这座玫瑰庭院，是我最起码的赎罪。拜托你，森山小姐。”

眼中静谧的光，也像是小小的火焰。从那里面，虽然只有一小块，仍可以感觉到她所说的激烈的性情的碎片。

“请你告诉遥，那座庭院里的确埋着尸体。”

第二天，我和山崎结伴，前往遥婆婆的病房。话是这么说，可我并不是为了熏婆婆的请求，要向遥婆婆说庭院里埋着尸体才去医院的。因为，这件事我究竟该怎么办，我还是不知道。

应不应该说庭院里有尸体，我不知道。就算说了能让遥婆婆解脱，但我还是没有把握自己能够坚持这个说法。

在这样犹豫不决的我背后推了一把的，是山崎。

“临机应变，不就好了？”

大清早来到庭院的山崎一面把被翻得体无完肤的庭院土壤耙平，一面这么说。

“实际去见见遥婆婆，去跟她聊个一两句。这样自然而然就会有话从嘴里跑出来了嘛？不管是实话还是谎话，反正都会有话。”

说这些话的时候，山崎脸上看不见一丝犹豫之色。

“我觉得，说真话，还是说谎话，根本一点都不重要。反正这种事是没有绝对正确的答案的。会有问题的，就是不知道该说什么，就什么都不跟对方说。森山和遥婆婆之前那么要好，要是为了这种事把关系弄僵了，不是很悲哀吗？”

这真的是很山崎的看法。

“……早、安。”

我边打招呼边走进病房，就看到遥婆婆坐在床上望着窗外的身影。

“哎呀，奏，还有山崎。你们早。怎么啦？一大早跑来。”

听到这句话，我几乎是无意识地低头行礼。

“昨天真是对不起！”

我低着头，说了该说的话。

“把庭院弄成那样，我在反省了。真的很对不起。”

于是遥婆婆以开朗的声音摇摇头：

“……没关系啦。那件事别放在心上了。”

于是我抬起头来，眼前只见遥婆婆一如往常的柔和笑脸。可是，她的指尖却细细缠着绷带。提醒我昨天发生了什么事的伤势，让我不禁有些退缩。

“……啊。”

可是，在旁边的山崎天不怕地不怕地开口：

“我是来探望的。昨天受的伤没事了吗？”

听到这句话，遥婆婆轻轻笑了笑。

“托福。昨天吓到你了啊。”

“就是啊，我是真的吓到了。”

“对不起呀。不过，这是很好的人生经验吧？”

“是啊，这倒是真的。而且还蛮像连续剧的。”

对于两人坦然自若的愉快谈话，我有点跟不上，就默默地先笑笑再说。

遥婆婆就这样笑着和山崎聊了一阵子。看她这个样子，我觉得昨天发生的事好像不是真的。简直让我误以为熏婆婆叙述的遥婆婆的过去，也只是我在做梦而已。

可是，这一连串的事情是千真万确的现实，我立刻就亲身体验到了。

“对了，奏。”

和山崎聊了一会儿之后，遥婆婆忽然问我。

“庭院里没有他的骨头对吧？”

面对这个单刀直入的问题，我一下子什么话都说不出来。

“啊……那个……”

但是，遥婆婆并没有因为我的态度而受到打击的样子，只是平静地继续说道：

“他还活着吧？”

当着遥婆婆笔直的眼神，我微微点头。没有时间让我思考，我不由得就这么做了。

“……是的。大概是。”

于是遥婆婆叹了一口分不出是放心还是失望的气，抬头看着半空。

“……是吗？”

然后，遥婆婆想了一会儿，说出了我们意想不到的话。

“这样的话，我想再和他见一次面。”

我简直是瞠目结舌。遥婆婆竟然会说这种话，老实说，我想都没想过。

“那……那个……”

我支支吾吾，但遥婆婆又重复了一次。

“我想见他。”

她的语气和眼神，都像风平浪静的海面般安稳。我一点都看不出那片海到底是不是吹着狂风、掀着巨浪。

想再见谷口修一郎一面。听到遥婆婆这个愿望，由佳小姐立刻一口回绝。

“那怎么行？我绝对不答应让他们见面。”

由佳小姐好像早就从熏婆婆那里得知遥婆婆的详情了。所以才会把玫瑰庭院的一切交给遥婆婆任意处置。

“你也听老板说了吧？遥婆婆一直是靠着相信谷口修一郎的尸体埋在庭院里，才勉强保持正常的。她甚至还说过，要是她没杀了他，就要真的置他于死地，然后再次埋进庭院里哦！要是让他们见面，天晓得遥婆婆会做出什么事来……”

对于由佳小姐的这番话，山崎以有点不服气的样子反驳：

“可是，我不认为遥婆婆会做出那种事。杀人那种事……”

结果由佳小姐以没有抑扬顿挫的声音回答：

“她可是爱过他的。遥婆婆爱过谷口修一郎。”

然后，小声加上一句：

“……多半现在还是爱着他。”

听到这句话，不知为何，我就明白了。我想，爱就是这么一回事。因为爱一个人，所以会无法控制地恨他，因为爱一个人，所以会想杀了他。爱，大概就是这么一回事。

“……不让他们见面，是为了遥婆婆着想。就算遥婆婆拜托你们找出谷口的所在，请你们也要想办法推托。不要提起有关他的话题。精神方面的治疗，我会和医院的医生商量再进行的。”

对于由佳小姐的说明，我应声是，点了点头。因为我认为她说的一点也没错。

就算遥婆婆上了年纪，也还是能够杀人。好比用玫瑰的农药下毒，从楼梯把人推下去，没有什么力气的人，一样有办法可以杀人的。人，能够杀人。比他以为的更容易。

所以遥婆婆不能和谷口修一郎见面。人不应该杀人。这是我由衷的想法。

后来山崎每天早上，都很讲义气地到庭院来。帮我把翻得乱七八糟的庭院，慢慢恢复原状。

埋好挖空的洞，压平土壤，以支架撑好歪斜的玫瑰树，修剪折断的树枝。我们每天都持续做着这些枯燥的工作。也因此庭院里的玫瑰慢慢地恢复了原有的样子。当然，其中也有一些树整个干掉，可能会就这样枯死，但至少很多的树都好歹撑过来了。

“我本来以为玫瑰只是花漂亮而已，没想到这么有生命力啊。”

山崎抬头看着又开始长出枝叶的玫瑰树，这么说。

“太好了。很快就会恢复庭院原本的样子了。”

住院的遥婆婆情况也相当稳定，病情也慢慢好转。

“本来还以为会出事，不过人类其实还蛮坚强的。”

由佳小姐甚至还这样开起了玩笑。

我以为，一切都会这样恢复原状。无论是庭院也好、玫瑰也好、遥婆婆也好，还是我也好，但是，马上就出事了。也许，这是在暗示我一切都不会回到从前。时间只会往前行进。

过去只能在未来挽回。

那一天，微亮的清晨天空中，隐约挂着几乎快消失的白色弦月。

我和山崎一如往常，在庭院里照料玫瑰。我正在为玄关前的玫瑰根部铺腐叶土，山崎正在修剪枯掉的枝叶。

这时候，我的手机接到了由佳小姐的电话。

“喂，奏妹妹？遥婆婆有没有在你那边？”

她的语气相当着急。

“我找遍医院都找不到她！所以我在想，她会不会又跑到庭院那里了……”

我手机还贴在耳朵上，直接扫视玫瑰庭院。仔细看树影之后有没有遥婆婆的身影。

可是，那里只有浓绿随风摇曳。除了我和山崎，不见人影。

“没有。至少庭院里没有……”

我这样一回答，由佳小姐便叹了好大一口气。

“是吗？这边我会再找，奏妹妹，你们也进设施里去看她回来了没有，拜托了！”

“我知道了！”

我立刻挂了电话，把由佳小姐的话告诉山崎。

“事情就是这样。我们先分头找找看吧。”

我这么说，山崎也立刻点头说好。

“那，我去二楼和三楼找找看，森山你找庭院和一楼……”

但是，话还没说完，山崎就好像发现了什么，没再说下去。我也朝着他的视线尽头看过去。

我看到了田村的身影。

“啊……”

田村穿着浅蓝色的T恤和卡其色的五分裤，正要走过大门。田村每天早上都会去冲浪，他会在这个时间回设施来，也没穿着冲浪装，是很稀奇的。山崎大概也是这么觉得，所以才会有点讶异地看着田村。

走过来的田村一开始好像并没有注意到我们的样子，低着头走路。他的表情和平常在我们面前那柔和的样子不同，显得精疲力尽，好像罩着一层黑色的影子。

"……田村!"

山崎叫了这样的田村。田村吃了一惊，朝我们看，立刻把那个表情藏起来。藏起来，露出平常的笑容。

"哦，早啊。今天也在整理庭院？一早就这么努力啊。"

田村愉快地一面说，一面朝我们走来。山崎立刻问田村：

"你有没有看见遥婆婆?"

"咦……"

山崎的话，让田村一下子失去了表情。然后一瞬间似乎思考了些什么，又立刻淡淡一笑，小声地说：

"遥婆婆怎么了?"

"由佳小姐打电话来说，她在医院不见了。所以我们现在正要去设施里找。我在想，不知道你有没有在海岸附近看到像她的人……”

山崎噼里啪啦地说，田村“唔”了一声，双手交叉，仰望天空。

“这样啊，遥婆婆不见了啊。”

然后，仍然继续仰望着天空说：

“真没想到，她会这么快就采取行动。”

他这两句话，让我和山崎“咦”了一声，皱起眉头。田村耸耸肩继续说：

“我刚才才去看过婆婆。因为她有事要我帮忙。”

我们当然不会放过田村的话。

“有事要你帮忙?”

“什么事……?”

于是田村堂而皇之地说：

“她要我告诉她谷口修一郎在哪里。喏，就是以前遥婆婆刺伤过的那个男的……”

说着，田村好像想起当时的事似的，笑了。

“遥婆婆好像真的很想再见他一面啊。因为她一直问我。所以我就跟她说了谷口的所在。”我们更加不解。

“咦?”

“田村怎么会知道?”

于是田村又笑了。

“我怎么会知道啊……”

他笑了，好像觉得很有趣似的回答：

“因为，谷口是我父亲啊。”

绿色的枝叶，在田村身后蠕动般摇曳。

“所以我知道他在哪里。”

沙沙沙，树梢响动。

我和山崎惊讶地盯着田村看。对于我们的惊疑不定，田村一副毫不在意的样子，笑着继续说话。

沙沙、沙沙。

“我巴不得杀了他。”

沙沙、沙沙。

树梢的声响在耳里渐渐变大。好像有小飞虫钻进去似的，发出极其恼人的声音。沙沙、沙沙。或者，这是涨潮的浪涛声吗？还是电视的雪花画面发出的声音？沙沙、沙沙。

啊啊，吵死了。

“我一直在想，要是知道他还活着，遥婆婆会不会帮我杀了他呢？才在想呢，奏妹妹就在这么好的时间点把庭院挖开了。我很感谢奏妹妹。对我来说，那就好像求之不得的机会给送上门来了。”

脑袋被沙沙声掩盖了，就好像电视的雪花画面一样。

沙沙、沙沙。

“……你在说……什么……”

山崎以微微颤抖的声音说。听得出他很震惊。可是，田村看起来还是一副丝毫不为所动的样子。

“我在说的，就是一个还不错的杀人计划啊。”

“啊？”

“遥婆婆有杀他的权利。”

“权利？”

“我看山崎是不会懂的。”

“懂什么？”

“一个人想杀人的心情。”

看着露出淡淡笑容的田村，山崎骂人般说：

“谁懂啊！那种心情……”

只见田村满意地微笑点头。

“是啊。你这样的想法很好。遥婆婆现在可能还在车站那边吧。赶快去追，也许还能拦住她哦！”

田村的这些话，让山崎硬生生把话吞了回去。于是田村满意地微笑了。

“这样才对。与其在这里和我争辩，不如赶快去追遥婆婆，这样才聪明啊。”

山崎狠狠瞪了笑得从容的田村一眼。即使如此，他还是为了追遥婆婆，把自己的气愤一下子收进心里。

“森山，我们走。”

被这么一催，我也点头。

“……嗯。”

山崎直接朝大门冲过去。我也学他往前跑。可是，我正要跑的时候，田村用力抓住了我的手臂。

“等等，奏妹妹。”

他抓住我，在我耳边低声说：

“奏妹妹懂吧？”

田村的气息喷在我耳朵上。

“我的心情，奏妹妹懂吧？”

雪花画面又在脑海中发出声音。

沙沙、沙沙。

沙沙、沙沙、沙沙。

懂吗？

我懂。

想杀人的心情。

我们到达车站的时候，已经没看到遥婆婆的身影了。向车站人员询问是否看到像遥婆婆的人，也只得到摇头的回应。

然后我们再度返回蔷薇人生，与由佳小姐会合。据由佳小姐说，她找遍了整个医院，却没能找到遥婆婆。

“我打电话问车站和出租车公司，也没有得到相关的信息。我已经向老板报告，我想老板应该倾尽全公司之力展开搜索了。到了这个地步，也只能仰赖那边的力量了。”

说这些话时的由佳小姐，看起来十分憔悴。即使如此，我们仍认为应该据实以报，就向由佳小姐报告了田村所说的内容。

“田村是谷口修一郎的儿子？真的吗？”

由佳小姐对我们的说明惊叫出声。

“不会吧……那个田村竟然是……”

由佳小姐似乎受到相当大的打击，但她立刻做了一个深呼吸，调整气息。然后，静静地开了口：

“田村人现在在哪里？”

“我们回到这里的时候，已经没看到他了……”

“田村的房间。我去他的房间找找，也许会有什么线索。”

听了由佳小姐的话，我们前往田村的房间。田村的房间就像他之前说过的，位于面向庭院的一楼。从窗户可以清清楚楚地看到玫瑰庭院。

房内摆设非常简朴。家具只有床而已。其余的东西全部收在衣柜里。可是，也只有一点替换衣物而已，完全没有书、CD、计算机之类属于嗜好之类的东西。唯一有的，就只有冲浪板和冲浪装。

“好空啊。”

山崎环视着房间，冒出这句感想。我也这么认为。

一直以来，田村在这个房间里，都想些什么呢？一心只想着要杀死父亲吗？

房间里完全没有任何关于显示谷口修一郎所在的东西，或是田村可能会去的地方的资料、线索。由佳小姐打了好几通电话给田村，不是不通，就是转接语音信箱。

“田村那家伙，煽动了遥婆婆……自己就脚底抹油了……”

于是我们再度陷入一筹莫展的状态。

束手无策的我们，呆坐在大厅的沙发上，等熏婆婆的联络。但是，时间在这段期间也无情地流逝着。

无计可施、只能袖手旁观的时间，真的好漫长。我们不知道叹了多少次气，忍受着走投无路的时间。

风向是在过午时分转变的。忽然间，大厅的自动门打开，风真的就从门外吹进来。那就像是旁若无人地刮起滚滚黄沙的狂风。

“万理婆婆！佐和子婆婆！千惠婆婆！”

一听到我叫名字，她们便用力挥手。

“我们回来了——”

“怎么啦？大家都聚在一起……”

“难不成是迎接我们？”

她们边说边走过来。我们怔怔地望着她们。对了，这三人到国外旅游去了。回国日期，对，好像就是今天……

我正想着这些，只见万理婆婆她们已经来到我们面前，高高兴兴地原地转了一圈。

“不错吧？我们的姊妹旗袍！”

“好看吧！很时髦吧！”

她们愉快地摇曳着红、粉红、宝蓝色的旗袍，异口同声地说。

“……啊，噢。”

“……很……好看……啊。”

“……啊，啊啊，嗯。”

我们结结巴巴地回答，万理婆婆她们便又欢叫道：“可不是吗！”

回程在飞机上，还有外国人叫我们让他们给拍照呢，对不对？那个人一定是对千惠有意思。讨厌啦，别说了啦！哎哟，千惠你自己明明也有意思的呢。人家可是个蓝眼绅士呢。

好像王子喔。就是啊！好适合骑白马喔！千惠还跟人家要了伊妹儿呢。就是啊，所以，奏妹妹，你要教我怎么写伊妹儿。真有你的。千惠，你结婚典礼要邀请我哦。讨厌啦，佐和子真是的，想到哪里去了。

怎么说呢，真是阵自由无比的风。

而这阵风，一下子便把我们束手无策的状况吹出了一个风洞。

“我们知道，田村他爸爸在哪里啊！”

听了我们一连串的说明之后，万理婆婆这么说。

“怎么说呢，就是很想知道喜欢的人的一切嘛。”

“对对对。忍不住就偷偷跟在他后面，悄悄等着他……”

“嗯嗯。像是去他毕业的学校啦，去找他家啦……”

“这些事做多了，就会知道嘛，对不对？”

“就是啊。好像有点少女心过头了……”

深不可测的少女心，真让人觉得怎么不干脆去FBI之类的。

“不过，奏妹妹和由佳的话，应该能懂吧……”

我当然一点也不明白，但还是笑着点头，说我懂。因为这是我的礼节，也是我的处世之道。如果能问出谷口修一郎的所在，要我再怎么肯定她们过度的追星行为都没问题。

"……那，田村的父亲在哪里？"

问的是由佳小姐，回答的是万理婆婆。

"在东京的协同医院。好像是弄坏了肝脏，长久以来一直住院。"

据万理婆婆她们说，田村经常到那家协同医院。田村说要到别的海域去冲浪，带着冲浪板出门，可是他并没有到海边，而是去了医院。而万理婆婆她们每次都偷偷跟踪田村。

"田村每次都是一直坐在医院院子里的长椅上，看着出来的患者。一开始我们也完全不懂他想做什么。"

"可是后来我们就发现了。田村每次都盯着同一个患者看……"

那个患者，就是谷口修一郎。

再听下去，原来田村是所谓的私生子。谷口修一郎和他母亲虽然一起生活，却没有结婚。而他们两人在田村出生前就分手了。从此，田村便由他母亲一手抚养长大。或许是因为这样的环境，田村非常爱护母亲。

"可是，他母亲好像也在他来蔷薇人生前不久去世了……"

"很可能是因为这些缘故，他很恨自己的父亲。总之，田村会在医院里一直看着他父亲。"

这三位一面说，大概是回想起当时的样子吧，眼眶都湿了。

“身体是大人，心却像个小孩子一样。”

“对对对，他像个迷路的孩子一样，脸上露出不知道该怎么办的表情。”

“嗯。一直孤零零地坐在长椅上。”

听到这些，让我内心深处有点痛。我所认识的田村，总是吊儿郎当地笑着，很快活，很随便，所以我一直以为他就是这样的人。

他的吊儿郎当，是为了掩饰这些吗?

“看到田村那样，我们就想着要帮他。”

万理婆婆露出有些不舍的苦笑说。

“可是，我们还是帮不上忙。”

一听到这里，佐和子婆婆和千惠婆婆，也垂头丧气起来。

“是啊。给他写了那封信，他还是这样走了。”

“光凭我们的心意，大概是不够的吧。”

这几句话，让我觉得有点怪怪的。所以我问了：

“请问，信是指……什么?”

我一问，万理婆婆就讶异地反问：

“信……不是请奏妹妹转交了吗?”

“咦?”

"还咦呢！就是我们出国之前……"

"啊……"

这时候，我的脑海里浮现了粉红色的信纸。细心折成花朵形状的那封可爱的信。

"啊！"

那封信一直放在我的运动夹克口袋里，忘记转交了。万理婆婆她们知道以后，对我哇啦哇啦地抱怨不休。

好过分！奏妹妹好过分！那是我们牺牲睡眠写的信呢！就是啊！为了折那朵花，我们重折了好几次，是不是？就是啊。为了好看，特别用心折的……你竟然还没有交给他！

好过分！奏妹妹太过分了！

我当然低头道歉，只差没有下跪。

协同医院，我们是开蔷薇人生的厢式车去的。

"院民会失踪，是身为经理的我督导不周。"

由佳小姐这么说，揽下开车的工作。我和山崎一起坐在后座。

"好，出发了。"

由佳小姐以高速在沿海的路上奔驰。她开车开得很猛。每次在十字路口转弯，身体都会东倒西歪。害得我上车没多久就开始晕车了。

"赶得上吗？"

山崎身子一面倒，一面喃喃这么说。

“我会赶上的。”

由佳小姐把油门踩得更猛。

我好想吐，紧紧按住了我的嘴。在这个节骨眼上，我无论如何也不敢说“开慢一点、休息一下再走”这种话。坐上赶路的车，大概就是这么一回事。

“呜呜……”

车子上了高速公路。

再忍一下，就是东京了。

抵达医院的时候，太阳已经偏西了。

我们在柜台报出谷口修一郎先生的名字，问出了病房号码。他的病房是三〇八号房。

我们连忙赶过去。

病房是六人房。谷口修一郎先生的病床位于入口右边，床上没有人。

“谷口先生和太太出去散步了。”

隔壁床的男子好心告诉我们。于是山崎立刻问他：

“请问你知道他们会去哪里散步吗?”

男子“唔”了一声，想了一会儿，给了我们几个可能的地点。

“院子啦，餐厅……还有，也有可能去买东

西。屋顶也是一个可能的地方。不过，我想他们大概三十分钟之后就会回来的。”

但是这三十分钟我们等不起。

“我们先分头找吧。我去院子看看……”

由佳小姐这么说，山崎就举起手来，说：“那我——”

“我，呃……到屋顶……”

但是，我抢走了这个选项。

“不，屋顶我去。山崎，你去餐厅或小卖部，医院里面归你。”

我之所以选屋顶，是有原因的。因为我认为，万一遥婆婆想杀他的话，应该会选高的地方。其他地方，一个没有多少力气的人要杀人，有点困难。

可是，假如是在屋顶上，也许办得到。当然，要跨过栏杆把对方推下去是不可能的。

但是，如果是从楼梯上推下去，或许是可行的。尤其是通往屋顶的楼梯，应该有相当的高度才对。

要杀人的话，要把人推下去摔死的话，就是屋顶。

我进了电梯，赶到屋顶。

我心里想着，一定要赶快找到遥婆婆。

一定要找到她。

在遥婆婆找到那个人之前。

协同医院的屋顶很宽敞，有很多患者，显得十分热闹。背对入口站着，就能看到右手边下沉的夕阳。

我站在屋顶上，环视四周。以视线来寻找遥婆婆的身影和可能是谷口修一郎的人。

可是，遥婆婆不在那里。谷口修一郎也不在。

不，正确地说，是没有像谷口修一郎的人。虽然有几个上了年纪的先生，但都和谷口修一郎的形象相差太远。

因为，他们每个人看起来都是很幸福的样子。

一个是穿着睡衣，和一个女子两人欣赏夕阳的男子。一个是坐着轮椅，膝上抱着孙子的绅士。一个是和太太拌嘴的老人。一个被应该是女儿的女子推着轮椅的老先生。我觉得他们看起来都不像谷口修一郎。

晚霞满布的天空，染上了红色。站在屋顶上的人们，坦然迎着红色的光。世界薄薄地染上了一层红色。简直就像玫瑰的红。耳中听到笑声，愉快的谈话声。我呆呆地想着，神明果然喜爱美丽的事物。

一瞬间，一个熟悉的声音掠过我的耳际。

“……奏妹妹。”

是田村的声音。

我还来不及回头，田村便从背后抓住了我的手臂。

“别出声哦。”

我知道有一个硬硬的东西顶着我的背。可能是刀子。当下我想，这时候的田村可能会动手。

“……遥婆婆好慢啊。我都说我要带她来了。谁叫她一个人匆匆忙忙地跑出来，才会这样。”

田村以含笑的声音对我说。

“不过呢，不会有问题的。她很快就会来了。因为，遥婆婆一直说，她无论如何都想见我老爸一面。”

这句话让我感到不解。

“……田村的爸爸，在，这里吗？”

结果田村不屑地说：

“在啊。优哉游哉的，一脸幸福呢。”

我心想，不会吧。谷口修一郎竟然在这些人当中，我很难想象。他竟然活在这么幸福的情景里，我实在很难想象。

“我啊，我不准。我不准他笑。”

田村的声音听起来很像在笑。

“我不准他和谁幸福地看夕阳。因为这种事情，我妈可是再也没有机会了哦。”

明明听起来像是在笑，但是为什么？他的声音像是刺进我的心口一样，好痛。

“我一直以为，他过的一定不是什么像样的人生。因为四周的人都说，他是个无可救药的烂男人。我一直以为他一定会落魄不堪，没有人肯理他，一个人孤独寂寞地死去。再不然就是早就已经死了。”

天空好红。

简直就像玫瑰的颜色。

“所以，我不准。难道不是吗？怎么可以这样？再不公平也要有个限度。他爱家人，家人也需要他？别闹了。”

回头一看，田村的脸也洒上了一层淡淡的玫瑰色的光。

不，这个颜色是红色的血的颜色吧。

“为什么他的家人不是我妈？他让女人吃尽了苦头，自己却有善终，老天爷是这样算账的吗？既然他自己在烂泥塘里打滚，把别人的人生也拖进烂泥里，搞得乱七八糟，那就让他死在烂泥里不就好了吗。”

天空，是红的，血的颜色。

“像一般人一样幸福？开什么玩笑。他没有开心笑的资格。”

这时候，遥婆婆出现在我的视线里。

“啊……”

遥婆婆不知何时站在屋顶的入口。

“哦，总算来了。”

田村的声音，很愉快。

“再来就看遥婆婆怎么杀掉他了。”

听到这句话，我立刻甩开田村的手。因为我想，我一定要阻止。我一定要阻止遥婆婆。遥婆婆不能杀人。人不可以杀人。可是，田村没有松手。

“不行哦，秦妹妹。你不能去破坏遥婆婆的好事。”

我把这句话顶回去。

“……为什么？”

于是田村低声说：

“我沿着我爸的过去开始找，结果找到了蔷薇人生。我在那里，找到了另一个像我妈妈的人。”

遥婆婆站在入口，以视线追寻着屋顶上的人们。她在找谷口修一郎。

“对他来说，也许只是玩玩火罢了。可是，他这一玩却玩掉了遥婆婆的人生。疯狂的庭院一直发着狂，几十年的时间就这样被他夺走了。”

遥婆婆环视四周的侧脸，被夕阳照得红红的。

那红，也是血的红吗？

“遥婆婆和我妈一样，人生都被他夺走了，所以她们有找他报仇的权利。不是吗？以牙还牙，以眼还眼。被抢的，就抢回来。”

屋顶上的人们还是一样，各自愉快地伫立着。丝毫没有注意到被染成血色的遥婆婆。

“人，可以杀人。”

田村的声音渗进我耳内。

“奏妹妹应该懂吧？”

脑海中，响起了涨潮的海浪声。眼前就像电视的雪花屏幕那样暗蒙蒙的。

“因为，奏妹妹……”

田村的脸，好像浴血般红。

“你自己就想杀了你的继母。”

沙沙沙的声音作响。令人不舒服的，那个声音。

田村果然看了那封信。

在离家出走前夕，我写下了那封信。写了，却不敢留在家里。因为，我不可能把那封信留在家里。

我怎么能让纱纪子看到那样一封信——

纱纪子收

我觉得用讲的我一定讲不清楚，所以决定写信。我想为那时候的事道歉。真的，真的对不起。

我为什么会做出那种事，我自己也不明白。因为发生得太突然了。看着走在前面的纱纪子，不知道为什么，我就这么做了。我什么都没想，就……不，不是这样。我想过。

我知道如果从那座天桥上掉下去，纱纪子一定会很惨。不只纱纪子，肚子里的孩子搞不好也会没了。我心里真的想到过。我想了，然后才做的。我从背后推了纱纪子。因为我心里想，这么做，也许纱纪子和孩子都会消失。

我好怕。因为我知道，爸爸会变得只喜欢你一个人。我好怕爸爸不再需要我，怕得不得了。

我的白头发也是纱纪子害的。一定是的。所以我才不染黑。故意留给爸爸和你看。希望你们能察觉我的心情。我一直都是这样的。你明白了吗？

我好怕你。好怕好怕，好恨。

我好恨你啊，纱纪子。

以前明明那么喜欢的。纱纪子对我曾经是那么重要。为什么事情会变成这样呢？

为什么我会做出那种事？

这就是那封不可能寄出去的信。我本来是想道歉才写的，写到一半却变成怨言，变得莫名其妙。也许信的内容，从某个角度来说，完全就是我心情的写照。

那是我和纱纪子两个人走在天桥上的时候。纱纪子要去妇产科。我说我要陪她去，走在纱纪子旁边。就外人看起来，我们像是很要好的继母和继女，因为我一直努力让大家看起来是这样。

肚子还没有变大，可是纱纪子走路的时候却好像护着肚子。有时候她的右手会不经意地轻轻摸肚子。每次她这么做，嘴角都会微微上扬。心满意足似的，微笑着。

她那个笑容，我无论如何就是看不顺眼。我清清楚楚地认为，那个微笑会夺走我现在所有的一切。

所以忽然间，我的手就向纱纪子的背上伸过去。

纱纪子从楼梯跌下去，可是没事。只是手脚有点擦伤而已，肚子里的孩子也没事。

我不小心踩空了。你要多小心啊。被送到医院的纱纪子是这样向爸爸解释的。为什么她要这么说，我觉得好奇怪。明明是被推下去的，明明差点就被杀了，为什么纱纪子还要说这种维护我的话？

我明明就从背后推了纱纪子。我这么说，纱纪子就一副非常惊讶的样子，睁大了眼睛。奏，你在说什么？是我自己踩空了而已呀！说什么推我，奏怎么可能做那种事？

看着纱纪子以不解的笑容说这些话。我心里想，怎么不可能呢，纱纪子。我真的伸手了啊。我为了推你，在楼梯上，把手伸出去了啊。我心里想的就是，你死掉最好。我就是想杀你啊。

那时候，我的手指的确碰到了纱纪子的背。是纱纪子先踩空，还是我的手先碰到纱纪子的背，都不重要。

我想杀纱纪子。光是这样就够了。我已经浑身罪孽了。

我和爸爸妈妈的生活，每天都像暴风雨。他们吵架我就躲起来，一心等着这场暴风雨过去。他们分手的时候，我虽然伤心，却松了一口气。自从和爸爸相依为命，我就努力当个好女儿。不然，爸爸可能就像不要妈妈那样不要我。给我的角色，我必须努力扮演好。

我挤出笑容，打起精神，一直当爸爸的女儿。只要我这么做，爸爸也会对我很好。于是不知不觉间，我便认为家人就是这样，人就是这样。

而颠覆了我这种想法的，就是纱纪子。以家教老师的身份出现在我眼前的纱纪子，有点不守时，学校的功课也教得有点随便，根本不能算是一个好家教。她经常说别念书了，就带我去散步。然后，她教给我的是野猫栖身的地方，狗狗尾巴代表的喜怒哀乐，按别人家门铃就跑掉的恶作剧做法，天上的云的名字。要我偷摘橘子的，也是纱纪子。纱纪子认同了我这个没有血缘关系的人，关心我，爱护我。

可是，我却变得打心底憎恨纱纪子。以前我明明那么喜欢她的。曾经，纱纪子对我来说明明是那么重要。

我心里想着，只要没有纱纪子就好了，试图杀死她。我无论如何都不能忍受因为有了孩子而高兴不已的纱纪子。所以我朝她的背伸出了手。

沙沙声就是那时候开始在我脑中响起的。那个声音响个不停，弄得我好像快发疯了。

所以，我从爸爸和纱纪子身边逃走了。我假装祝福他们，从他们两人面前消失了。

我也曾经怀疑，试图杀害纱纪子这种事，是不是我想错了。我也曾经告诉自己，人不会那么轻易就恨一个人、杀一个人的。

可是，每当沙沙声在耳内响起，事实就谴责

我。恨你的念头，想杀你的念头，都无比的真实。

啊啊，又开始响了。

沙沙沙的，脑袋深处，那个声音又响起了——

“一个人会想杀人，是无可奈何的，奏妹妹。”

是吗？我想。

“因为不这么做就活不下去，所以只能这么做。”

是这样吗？我想。

“我从一开始就知道了，奏妹妹很痛苦。”

你怎么知道的？

“因为你和我一样。”

大家不是都很喜欢田村吗？

“那是因为我对每个人都摆出好脸色啊。”

是吗？

“是啊。因为我希望别人对我好，所以我就对别人好，只是这样而已。”

原来是这样啊？

“嗯。这和奏妹妹很努力是一样的。”

我很努力？

“是啊。你总是拼了命想要帮大家的忙。”

原来田村都看出来了。

“嗯。人有两种。一种是什么都不做就会讨大家喜欢的人，一种是什么都不做却不会有人喜欢的人。我们就是那种什么都不做，却没人喜欢的那种，所以只能很努力地生活或是对别人好。”

……说得也是。

“要是这样还是不行，就只能用抢了。不管是感情，还是立足之地。从拥有这些东西的人身上抢过来就是了。”

……说得，也是。

“所以，奏妹妹没有错。人就是会想杀人。”

沙沙、沙沙、沙沙。

“遥婆婆也是这么做，来挽回自己的人生。杀了那个男人，埋在庭院里。这就是她一直以来寻求的幸福。”

也许是吧。

“他死了，我也就解脱了。至少，我可以不用再恨谁了。”

也许是吧。

“所以，我们要在这里看着遥婆婆。”

沙沙、沙沙、沙沙。

晚霞把遥婆婆的白头发染成红色。那终究是血的颜色。黄昏的光带着黑暗，把世界照得又红又美。屋顶上的人们依旧愉快地谈笑。

“……啊。”

我知道遥婆婆的视线找到人了。她盯着某一

点，好像看着耀眼的东西似的眯起眼睛。

沙沙、沙沙。

“要开始了。”

沙沙、沙沙、沙沙。

遥婆婆缓缓走向前。

她的视线尽头，是穿着蓝色睡衣的老人。从刚才就愉快地和太太拌嘴。好了啦，赶快回病房啦。烦哪，你什么都要啰唆。这样斗嘴，是他们的乐趣吗？这时候，他们和一对看似儿子媳妇的男女会合了。老爸，赶快回病房吧。怎么连你也这么说？我们不能一天到晚跟爸黏在一起啦。有什么关系，至少看个夕阳再走啊。翔子也想看吧？这里的景色美不胜收啊。我知道啊，都看过好几次了。多看几次不是很好吗？你爸爸啊，是舍不得你们回去啦。是吗？啰唆，快滚快滚，混账儿子。这什么话啊，我偏不走，混账老爸。

遥婆婆慢慢向他们走过去。

沙沙、沙沙。

喏，田村。

“什么事？”

人，会想杀人对不对？

“是啊。”

我也这么想。我也曾经这么想。

脑海中响起了涨潮的海浪声。可是同时，内心深处开始骚动不安。

一股坐立难安的感觉，涌现。

遥婆婆朝着谷口修一郎走去。

话，从心底，涌现。

“……可是，我……”

“咦?”

“我不要。”

这是理所当然的心情。理所当然的话。

“……我还是不要。”

“奏妹妹?”

“我还是不要遥婆婆杀人!”

我一说完，就甩开田村的手，朝遥婆婆跑过去。遥婆婆笔直地望着谷口修一郎，朝他身边走过去。我的手又被田村抓住，当场停住动不了。

“遥婆婆!”

我大叫，但叫声似乎没有传进遥婆婆的耳里。

遥婆婆没有朝这里看上一眼，继续慢慢向前走。

“慢着!”

田村再次抓住我的手。

“让遥婆婆去吧。”

我挣扎着想摆脱田村的手，一面回答:

“……不要……”

但是田村似乎没有放开我的意思，抓住我的手好用力。好痛。

“你不是也承认吗？人会……”

“我知道，我知道可是……”

我们争论着，朝遥婆婆的方向接近。

“既然知道……”

“可是，我就是不要！”

说着，我不禁瞪着田村。

“我不要……”

我瞪着他，用挤出来的声音说：

“我不要重要的人做这种事！”

也许这种说法很自私。

我明明就巴不得纱纪子死掉。

我明明就想杀纱纪子，把她从楼梯上推下去。

即使如此，我也会这么想。

求求你。

我求求你，不要杀任何人。

“不管是遥婆婆，还是田村，我都……”

这时候，遥婆婆的声音响起。

“哎呀，奏妹妹。”

我和田村吃了一惊，往声音的方向看过去。

只见遥婆婆一脸不解地歪着头站在那里。

“……哎呀呀，连田村都来了。怎么啦？怎么跑来这里……”

在遥婆婆面前，我们含糊其词。

“啊……”

“呃，那个……”

我们还在支支吾吾，谷口修一郎一家人，已热热闹闹地从旁边经过。翔子，不好意思啊。你怀孕了，还来看我。因为不带她来，老爸就会闹脾气啊。啰唆，你给我闪一边去。你说什么？孙子生出来不给你抱哦？你敢，那我年金就不给你。讨厌啦，老公，我们是没有年金的。你不是有吗？我的钱是我的钱。是夫妇的钱才对吧。吵死了，混账老爸。你说什么？混账儿子？

他们愉快地你一句我一句，往里面走去。

我立刻往遥婆婆看。我有点着急，不知道遥婆婆能不能接受这个状况。可是她似乎没有激动的样子，只是一直注视着谷口修一郎。

不，正确地说，是注视着谷口修一郎，静静地微笑着。

看到她那个样子，我不禁出声叫：

“……遥婆婆？”

于是遥婆婆呼地叹了一口气说：

“那个人真的还活着。”

遥婆婆的白发被夕阳染红了。

“竟然那么幸福……”

也染红了呆望着遥婆婆的田村的侧脸。

在这样的田村面前，遥婆婆缓缓微笑了。

“太好了。”

遥婆婆祈祷般将双手合在一起。

“那个人活着。”

越过遥婆婆的肩膀，可以看见欣赏夕阳的人们。

“他看起来很幸福，太好了。”

燃烧般的晚霞，以红色包围了一切。

那里有如玫瑰色的世界。

“没有杀死那个人，真是太好了。”

啊啊，原来如此——我想。

遥婆婆已经不再想杀死他了。遥婆婆不也说过吗？在那美丽的庭院底下，只埋了美丽的“爱”而已。

她已经不再想杀人了。

“哇，好美的夕阳啊。”

风吹动着，吹动了覆盖着夕阳的云。云的棱线在火红的夕阳光下，描绘出鲜艳耀眼的玫瑰色的边。

“这里的视野真好。”

听了遥婆婆的话，田村茫然地抬头看天空。

所以，他应该也看见了吧。

就只是好美好美的，这个世界。

“那么，我们回去吧。回蔷薇人生。”

遥婆婆一面说，一面轻轻拍了我的头。

“……好。”

我打从心底想，真是没办法比。

遥婆婆摸着我的头的手指，虽细瘦，却非常有力。

临走的时候，我把粉红色的信交给了田村。

“这个，是万理婆婆她们要给你的。”

我想趁我还没忘记，赶快把信转交。

田村一面把信收下，一面尴尬地笑了。

“……在这种时候给我喔?”

说得也是，我也苦笑着回答：

“抱歉。以后我会看气氛的。”

于是田村说着：“拜托你一定要啊!”一面打开折起来的信，看了内容。信的内容似乎非常短，田村一下子就看完了，笑了笑。

“老人家真是了不起啊。”

“怎么说?”

我一问，田村便把信折成四折，收进长裤的后口袋。

“理所当然地超出我的理解范围。”

“哦，这个我大概能理解。”

听我这么回答，田村耸耸肩露出苦笑。

“我可能有点低估了。”

田村抬头看着天说：

“遥婆婆活过的时光长度。”

什么意思？我还没开口问，田村就低头看着我，对我说：

“我做了对不起奏妹妹的事，抱歉。”

没这回事。我正想这么回答，田村却抢在我前面，笑着继续说：

“抱歉，但是谢谢。”

这是我最后一次看到田村的笑容。

田村没有回蔷薇人生，就这样从医院消失了。

“这是当然的结果呀。谁还敢回来啊，都做了那种事。”

由佳小姐对于田村的失踪悄悄这么说。

“……不过，话是这么说，田村那么随便，搞不好哪天又突然跑回来了。”

万理婆婆她们当然是受了不小的打击。

“啊啊，我们的海王子……”

“很少有那么帅的男人呢……”

“我觉得，眼前一片黑暗。”

话是这么说，她们也切换得很快。因为她们可是专业的少女。

“对了，万理的医院不是有个很像染王子的医生吗？”

“对呀！万理，我们可以每天都去看你吗？”

“哎哟，佐和子，你不是已经对染王子腻了吗？”

“讨厌啦！干吗讲这种坏心眼的话！”

对于田村的将来，她们似乎也不怎么担心。

“他呀，到哪里去都没问题的。”

“对对对，凭他那么帅。”

“而且对谁都很好，一视同仁。”

“对。对于我们这种老人家，田村也一样温柔。”

“明明就是几个迷歌舞伎、一天到晚哇哇叫的追星老太婆。”

“嗯。他从来没有一点不耐烦的样子，很诚恳地对待我们。”

所以没问题的，万理婆婆她们拍胸脯保证。

“而且，他还有我们的信呀。”

“嗯。看了就会精神百倍！”

“就是啊！无论到哪里都活得下去。”

说到这个，我问她们写了什么，她们嘻嘻笑着回答我：

“我们,”

“永远——”

“都支持田村!”

不愧是专业少女的手笔。

不久之后，蔷薇人生的院民便陆陆续续回来了。登纪子婆婆和长子婆婆也是。

从由佳小姐那里听说了田村和遥婆婆的事，两人像孩子一样跺脚，懊恼在最有意思的时候离开了蔷薇人生。

“早知道，就不应该理儿子的。”

“我也是，早知道就不帮忙看店了。啊啊，好可惜。”

顺带一提，这两人一样也对田村的未来毫不担心。

“就像万理婆婆她们说的，不会有问题的。因为他知道，他什么都不做就不会有人爱。”

发表这番见解的，是长子婆婆。接着登纪子婆婆也笑着说对对对。

“不管到哪里去，他都是那种会到处释出善意，对谁都很好，以确保自己立足之地的那种人啊。”

于是由佳小姐也苦笑着点头。

“所以虽然会吃点苦，但不管他走到哪里，都能够活下去的……”

“该说是苦难呢，还是因果呢。不过正是因为这样，他绝对不会有问题的。”

“是啊。以祸福来说，虽然是祸，但也一定会有福的。”

我也认为很有道理。

因为，大家其实都很爱你。

不久，遥婆婆就出院，蔷薇人生回到了往常的样子。虽然田村不在了，万理婆婆也回医院去了，一切就好像没有发生过什么大事的样子，又回到了以前那样，每天都热热闹闹的日子。

“少了谁这种事，我们老早就习惯了。”

在club登纪子，喝着轩尼诗的登纪子婆婆悠然地说。

对于这句话，喝着沛绿雅的长子婆婆也笑了笑，点头回答：

“花开花谢。人聚人散啊。”

然后，一口接着一口喝着梅酒的遥婆婆加上一句：

“花会再开，散了的人也多半会再聚首的。”

并排着坐在吧台的三人，愉快地笑着继续说下去。是啊，就是这样。反正会再见面的嘛。是啊，只要活着就有机会。哎哟，死了也没关系啊。也对，大家地底下见。到了现在，搞不好死了见到的朋友还比较多呢。那，死也不怎么可怕了。讨厌，重点是在这里吗？咦？不是吗？

在这样七嘴八舌地聊着的三人面前，我总算能够开口了。

“那个，我啊。”

借用了一点梅酒的力量，我总算敢说了。

“……我，也要离开，这里了。”

于是三人沉默了一下，可是马上又笑着回答我：

“是吗？你决定了啊。”

“唉，你走了是会冷清些。”

“不过，还会再见面的嘛。”

对这句话，我重重点头说：“是的。”

我决定搬到妈妈家。那是暑假即将结束前不久。我跟妈妈联络，说我想这么做，妈妈很赞成。

“那真是太好了。奏做出了认真的选择，妈妈非常高兴。那家老人院很奇怪，不如跟妈妈住还好一点……既然这样，那我们彼此好好努力当母女吧。”

是啊，蔷薇人生是很奇怪，虽然事情都发生过了，而我也完全参与其中，但对妈妈来说，还是不知道的好。妈妈也是为了不伤害我而绞尽脑汁，我也想要努力当个好女儿。

“……嗯，请多指教。”

虽然十年前不怎么顺利，但现在的话，也许可以好好相处。我和妈妈彼此都已经走过这么多的岁月了。而且以后也会再继续走下去。

要是不行的话，还有念寄宿学校这个办法呢。不然，就再次离家出走也行。路多的是。遥婆婆给了我和山崎两株玫瑰苗，作为长期帮忙庭院工作的奖励。

“奏妹妹的是Matilda，山崎的是Safrano。都是相对容易栽种的品种，一个人应该也照顾得来的。”

“谢谢。”

我和山崎一面道谢，一面拿起各自的玫瑰苗盆。两盆都还没有开花。

“我想秋天会开一些。花朵的修剪就照常。开完之后，要准备过冬……这方面我再详细教你们，到时候再跟我联络。”

看样子，就算离开这里，还是免不了要照料玫瑰。

遥婆婆毫不在乎我这样的想法，说：

“La vie en rose。”

发音听起来满好听的。

“但愿你们的人生，也是蔷薇色的。”

收下了玫瑰的山崎一副感动到极点的样子说：

“遥婆婆好坚强啊。发生过那种事，结果却一点也不在意。要是我，如果不是深自反省，就是会烦恼起人生，然后陷在里面爬不出来。”

对他的话，我感到怀疑。

“山崎不也是那种不太在意的人吗？”

“你说什么？我可是很纤细的呢。”

“骗人！我完全没发现！”

“骗人！怎么会，真不敢相信！”

我们半开玩笑地争执，也不知道是谁先笑出来。

除了笑以外，我不知道要怎么样才能不掉眼泪地和山崎告别。

“……我说啊，森山。”

“……嗯。”

这时候要是遥婆婆，或是登纪子婆婆、长子婆婆的话，大概能应付自如吧。

“我会写mail的。”

“……嗯。”

可是，我还不知道。

“也会打电话。”

“……嗯。”

我不知道的事，太多了。经验值也太少了。

因为，我毕竟才只活了短短十三年。

“……怎么说啊，我不知道这样说你懂不懂。”

“……嗯。”

“之前我不是说过，很多事，有很多不同的样子吗？我是真的那么想的。有很多不同的人，有很多不同的想法，有很多不同的感觉方式，有很多不同的家族的形式，有很多不同的人生，我觉得这样就好，也觉得这样才好。”

“……嗯。”

“所以，怎么说呢，就是，世界上有很多很多不同的事物，可是……”

本来说得很顺的山崎，忽然结巴了。

“……有很多不同的事物，可是，这种心情，好像没有什么模式喔？”

“嘿？”

然后，他用力握住我的手。

“我喜欢你，森山。”

山崎的手，好温暖。

“……所以，我们要再见面。”

我们才十三岁而已。

“……嗯。要再见面。”

所以还什么都不知道。

所以还能去学、去懂得很多事情。

离开蔷薇人生的那一天，大家盛大地为我送

行。大家来到玫瑰庭院，朝走过大门的我挥手。

“奏妹妹——再见——”

庭院里的玫瑰树，还是绿油油的枝繁叶茂。站在里面挥着手的她们，像是美丽绽放的花朵，在阳光下，随风摇曳，嫣然微笑的玫瑰花。

我想，我远远比不上那些花朵。我没办法那样绽放。

我想，我还需要很多很多时间吧。

“再见！”

我还需要走过很长很长的人生吧。

“下次再见——”

Matilda开花了，所以我决定去看爸爸。我剪下一朵盛开的粉红色Matilda，包装起来。这样看起来应该像个小礼物吧。

再带上登纪子婆婆给我的五年梅酒，和长子婆婆送我的自制寒莓果酱。我认为身为一个懂事的女儿，这点礼数是必要的。

裙子的口袋里，藏着一封信。我用万理婆婆教我的花朵折法，尽可能折得可爱一点。

一到家，胖了一点的爸爸和挺着大肚子的纱纪子来迎接我。

“奏，爸爸好想你啊！”

爸爸这么说，抱紧了我。

"你好不好？好像成熟了一点？"

纱纪子挺着大肚子，露出笑容对我说。她的声音，和好久好久以前，把我扛在肩上那时候一模一样，一点都没变。一点都没变，温柔得让人觉得酥酥痒痒的。

"喏，纱纪子。"

我从口袋里拿出折成花的信，递给纱纪子。我重新写好的，折纸信。

"这个，有时间的时候再看一下。"

信上写着对不起。但是，当然不是道了歉就可以得到原谅。

纱纪子露出花一般的微笑接过了我拿给她的信。

"哇？这是怎么折的？好可爱喔。"

纱纪子欢快地说。

"这种信满令人怀念的呢。学生时代，我也曾经超级迷折信纸的。还要朋友教我怎么折才可爱……"

看纱纪子这样，我露出淡淡的笑容心里想，我也是啊，纱纪子。这个折法也是请人家教我的。

不只是信而已。在短短的时间里，我学到了好多好多。

"这么可爱，叫人好舍不得打开喔。喏，奏，等一下教我怎么折。看完以后我再折回原来的样子。”

我对纱纪子的话点点头。

“嗯，好啊。那我等一下教你。”

要给纱纪子寄多少封写了对不起的信，才能够抵消我的罪？要道多少歉、要用多少心，纱纪子才会原谅我？

还有，我也是。

要怎么做，才能消除对纱纪子的恨？要学会多少，才能原谅纱纪子？要活多久，才能由衷祝你幸福？

这些，我都还不知道。虽然不知道，但我也只能相信将来能够做到。所幸，我还有时间要活。我还可以改变。

“啊，踢肚子了！奏，快来摸摸看。”

纱纪子这么说，我就把手放在她大大的肚子上。摸这么大的孕妇的肚子，是头一次的经验。纱纪子的肚子，胀得好大好硬，令人吃惊。

瞬间，肚子里传来“砰”的一下震动。

“啊！踢了！”

我会知道的。

知道，然后学会。

那些我还不知道的种种事情、种种心情。

特别收录 Boys on the Line

斜对面的田所家次男，祥司哥哥，变成公鸡了。

“感觉就像觉得春天的阳光太舒服，就跟着变了。”

对于变成公鸡的祥司哥哥，我家妈妈是这么断定的。就像妈妈说的，祥司哥哥把头发染成火红，又梳起硬邦邦的飞机头，正是蒲公英为路边添上黄色的时候。头一次看到变成这样的哥哥，我立刻就联想到白色的来亨鸡。我们小学时养过的那种又大又白、不会飞的鸡。因为祥司哥哥不像海边小镇的小孩，他的皮肤很白。

据妈妈说，我们镇上向来每隔几年就会出现一个公鸡男孩。品种大多是茶褐色的土鸡系统。因为海边的孩子，每个都是一年到头把自己晒成茶褐色。

“那已经算是传统艺能了。在东京都心应该看不到了吧？”

妈妈对男孩的公鸡化是这么定义的。也就是说，在我家这一带，还有所谓的不良少年文化。距离东京搭急行电车车程一个半小时。不过因为这么一点点的距离，文化就硬生生地被阻隔了。

“文化的承续虽然重要，但要是和臣变成公鸡，妈妈会很伤心的。那种事情呀，就是隔岸观火才有趣，要是自己家里失火，就一点都不好玩了。”

母亲边说边大口吃着夹了明太子的厚蛋卷。那是妈妈发薪水的第二天会出现的豪华日式蛋卷。蛋卷的黄色和明太子的橘色，让早上的餐桌灿然生辉。我也赶紧伸筷子去夹那黄色和橘色，免得美丽的蛋卷被妈妈抢走。

“我才不会。要变成公鸡，可是要花钱的。要染头发，买发胶，改制服，我们家又没那些钱。”

于是妈妈盈盈微笑，大大点头。

“没错，幸好我们家很穷。多亏这样，和臣才不会学坏。”

妈妈说得没错，我们家很穷。这可不是因为我们家是母子相依为命的单亲家庭。我知道妈妈当护理师的薪水其实还不错。但即使如此，我们却还是经常处于缺钱状态，这是因为妈妈天生就是会抽到“签王”的那种人。说起来，会赌博似的跟喝酒乱性的老爸结婚，就可见一斑了。帮老爸背债、被投资信托的阿姨——最可怕的是，她是妈妈的亲姊姊——卷款潜逃，总之，她是个人生一路走来跌跌撞撞，却既不反省也不后悔的人。

话虽如此，老爸留下来的债务应该已经还了不少，我们家的经济情况也没以前那么窘迫了。只是，已经养成的贫穷特质，或者说，苛待自己的习惯，似乎很难摆脱。其实，祥司哥哥变公鸡的心情，我也是有所共鸣的，可是我却一点也不想花钱染头发或是改制服。关于花钱这件事，我无论如何都会踩刹车。节俭的精神，已经成为我人格的一部分了。

“穷，真的好吗？”

可是我也没有因为这样，就找到不同于祥司哥哥的做法，来表达自己内心的焦躁和不满。

“不过我倒是也想买个发胶。”

这是我诚实不欺的心情。如果可以的话，我也想染头发改制服，对妈妈不干不净地叫嚣，歌颂所谓的叛逆期。我虽然长得一脸慈眉善目的样子，但内心深处好歹也是有焦躁厌烦的。

“用不着喷发胶呀。像和臣这个年纪的男孩子，乱翘的头发最性感了。”

没事别扯那种无聊的谎好不好——我在心中咒骂，但仍是用玩笑来回答。

“妈，这你就不懂了。我就是为了怕自己太性感，才想试试发胶的。”

也许我没有叛逆的才能。或者，是我们的亲子关系有问题？

我们这一母一子的单亲家庭，在街坊间是出了名的感情好。像田所阿姨，每次看到我都流泪对我说，真想拿家里那几个笨儿子来换我。要是和臣是我们家的孩子，我就会觉得孩子没有白生了。

受到这样的好评，当然我也是很沮丧的。都念国中了还和母亲很要好，正常人都会觉得恶心。可是想归想，而要怎么样才能改变亲子关系，我却一点头绪也没有，就这样拖拖拉拉地维持现状。世界上的中学男生，都是以什么样的态度和行动来甩开父母的啊？

“我吃饱了。”

吃完早饭，我规规矩矩地双手合十，把餐具拿到厨房水槽。像这些地方，连我自己都觉得很无力：这是乖巧可爱的儿子才会做的事啊。

“那，我去上学了。”

稍微举起手，妈妈吃着蛋卷，以笑容对我挥手。我只扬起嘴角装出笑容给妈妈看，就出门了。多么和乐的早晨光景，距离甩开父母差了十万八千里。

可是每次这么做，我内心深处就会开始骚动。有人在我耳内高喊需要变化。所以我正在一点一点偷存零用钱。因为我想等中学一毕业就离家出走。或者，我觉得非这么做不可。除此之外，我找不到什么能和妈妈拉开距离的办法。

我想，现在的我，是站在某种界线上。而那是一条什么线，我不知道，但是在那条线上的我时而不安时而焦躁，时而叛逆时而自省。所谓的十三岁，是个很忙的年纪。

站在线上的，不是只有我一个。

从幼儿园时代就一起长大的好友们，也各自发生了变化。像北斗和孝之开始玩乐团，祥司哥哥的弟弟佑司，则是交了一个大他两岁的女朋友。尽管方向不同，其中均可看出自我变革的态度。

“我们要用我们的音乐改变世界。”

北斗和孝之大言不惭地说出让人只觉得是漫画看得太多的大话。但是，他们自己似乎是非常认真的。也许他们正在体现的，是所谓十三岁少年的人生还有时间白日做大梦这码子事吧。

“和她在一起，就会觉得世界看起来不同。”

佑司也是，最近动不动就把脑壳烧坏了的话挂在嘴上。第一个女朋友这种东西，似乎会轻而易举地破坏纤细脆弱的少年世界。或者，是初吻或初体验让佑司变成这样也说不定。

看到这几个家伙，我就觉得我们这些待在臭乡下的死中学生，终究是需要变化的。因为我们的生活真的是一点起色都没有。从念幼儿园那时候起，同一批人在一起混了十几年，光这一点就可见有多么一成不变。待在这么一个毫无变化的环境里，对于自己的幸和不幸，或是别人的幸或不幸，再怎么样都会习惯。

我认为，习惯这种东西应该要小心提防。这有青蛙的例子可以代表。把青蛙丢进热水里，青蛙会吓得从锅子里跳出来。但是，如果在锅子里放冷水，把青蛙丢进去再点火，青蛙就不会发现温度的上升，就这样活活被煮熟。当然啦，我们是人不是青蛙，不可能热得要死还没发现就是了。即使是这样，我心里还是暗自认为，习惯这种东西具有一定程度的可怕性。所以我们才会在生长的锅子里，有的变公鸡，有的组乐团，有的谈恋爱，总之就是拼命挣扎。

中学二年级的五月，现在这个时期也很糟。学校习惯了，班级也习惯了，可是又还可以不去管升学考。说起来，正逢疲软不力的中学二年级时期的我们就是因为被放在这种安定之中，才会受到起毛般的焦躁感所驱使，才会寻求变化，寻求破坏。

而就是因为我们像这样渴望刺激，才会遇见她的吧。

她，与五月晴空同时来到。

最先注意到的是北斗。

“校门旁边的围墙那里啊，有个怪人。头发是全白的，不过我想应该是女的。大概两个礼拜前开始吧，她会在第五节课那时候来，一直看学校。”

于是我们第五节课整堂课都偷偷盯着教室的窗户，观察外面的情况。我们要变化，我们要刺激。开始监视的第三天，那个女的果然出现了。那时候班上为了即将举行的合唱比赛正在练习。

“来了。”

“真的假的?”

“哪里哪里?”

北斗说的果然没错，她的头是纯白的。是染的？还是真的白？我想应该是染的。怎么说呢，她的体形看起来很年轻。不对，不是年轻，我觉得她看起来甚至很像小孩。

“哇咧，那是什么啊?”

“妈呀！真的在看这边呢。”

“对吧？你们不觉得很恶心吗?”

三人窸窸窣窣地你一句我一句。就像北斗说的，她手抓着栅栏，紧紧贴着，一直盯着校舍看。只不过，我不觉得她有什么好恐怖或恶心的。一个小孩子，就把头染得那么漂亮——我心里只有这个想法。

“猜拳猜输的人，去跟那个女的讲话，如何?”

提议的是佑司。我立刻附议。北斗和孝之也一样。我们巴不得要变化、刺激、破坏。

“剪刀、石头……”

而我之所以猜输了，也许就是所谓的命运吧。

“阿和！加油！”

“要用手机拍下来哦，手机！”

“两个人一起拍的哦！”

“吵死了。乱开什么条件。”

我一边压低声音跟他们吵，一边离开了教室。级任导师正专心指导女生部的合唱，没有注意到我偷跑。

我半蹲着溜到安静的走廊。水泥地板有一股凉凉的寒气。歌声回荡却没有人的走廊，好像一条通往异次元的路。

从窗外吹进来的风，把张贴的习字纸吹得啪嗒啪嗒乱翻。天空很蓝。白云滑溜溜地顺风而行。传进耳里的歌声，有一点点落拍。不知是谁的、不稳的歌声。也许是因为这样吧，我心底又开始烦躁了。

那一瞬间，我被一种奇妙的感觉包围，好像有人在我背后推我一样。好像在催我：快去。

快呀，快呀。

快呀，快去。

所以我几乎是发了病似的跑过那道走廊。

而我遇见的，就是森山奏。一个才十三岁就满头白发的女孩。而且，她这么年轻，就策划离家出走，还不顾一切付诸实行，胆子超大。我不知道她是怎么办到的，但她潜进了海边的老人院，在那里当照顾员，精明能干。可是，尽管她这么精明能干，却把手机遗落在我面前，小小迷糊真叫人怜爱。再有就是，她跑步的姿势真好。我觉得跑得快的女生很棒。

森山奏有点怪怪的。才觉得她讲话好像老人家，却一下笑得像小孩，一下又沮丧得好像要迎接世界末日，感情的起伏其实很大。女生都是这样的吗？让我无法不去看她。

遇见森山奏以后，我就开始逃课、离家出走了。尽管这纯粹只是谈恋爱造成的，但旁人看来，大概是一种偏差行为吧。第三次逃课，妈妈就被叫到学校去了。

妈妈和我一起被级任老师念了好久。级任老师实在很卑鄙，专挑我们的痛处戳。说什么和臣妈妈，我知道你一个人养育孩子很辛苦。说什么男孩子在这样的年纪，都是很难管教的。说什么家里没有男性家长，男孩子就很容易走偏。于是我忍不住说了。

“老师，你又懂我家什么？懂我什么了？”

这可是没有叛逆才能的我如同一生一次的叛逆。

这天从学校回家的路上，我和妈妈并肩走在沿海的路上。就连我们这对感情好的母子，也好久没有这样并肩走了。

“和臣也会那样跟老师顶嘴了呢。”

说着，妈妈回想着笑了出来。

“你们老师那个表情，好像鸽子被竹子枪打到一样。”

妈妈的眼角有皱纹。

“哦，嗯。”

不知道什么时候，我已经比妈妈高了。并肩走在一起，我才发现。因为妈妈的头在我要低头看的位置。黑发之间白白的东西也很醒目。妈妈什么时候多了这么多白头发的？什么时候、什么时候……

“和臣，你有没有在听啊？”

因为我呆呆地看着妈妈的头顶，没听见妈妈讲话，回的话就很脱线：

“啊，啊啊，嗯，有啊。”

结果妈妈夸张地叹了一口气，耸耸肩。

“和臣最近都常常心不在焉的。”

“有吗？”

“有啊。”

“有……吗？”

妈妈不理歪着头的我，忽然喃喃地说：

“会不会是有喜欢的女生了?”

听到母亲这句意想不到的话，我有点慌张地回:

“你……你很烦哎，臭老太婆。”

这回换妈妈张大了眼睛。对，就像被竹子枪打到的鸽子。然后妈妈愣了一会儿，噗地喷了一声，笑出来。

“讨厌啦，和臣应付尴尬场面的方式，跟你爸爸一模一样。”

“啊?”

“你爸爸也是，心思被人家说中，讲话就会突然变得很粗鲁。不过因为平常不习惯那样讲话，所以会结巴……”

说着，母亲好像看到什么刺眼的东西似的眯起眼睛。是西斜的太阳太刺眼吗?

不至于吧。

骑着脚踏车的小学生们越过我和妈妈。我不知道该说什么，像个闹脾气的小孩，没规没矩地拖着脚步继续走。

“孩子，好像时光胶囊喔。”

妈妈低声说着，眼角又挤出了皱纹，露出了既高兴又落寞的笑容。

“会让人想起好多事情啊。”